Vera og Bjarnes

Heftige forår

Vera og Bjarnes heftige sommer

Copyright Henrik Neergaard 2020

Forlag: Books-on-Demand, København, Danmark.

Tryk: Books-on-Demand, Norderstedt, Tyskland

ISBN: 9788743026709

Henrik Neergaard

Vera og Bjarnes heftige forår

Roman

Forlaget Books-on-Demand

Andre bøger af Henrik Neergaard

på Forlaget Books-on-Demand:

Den digitale litteraturs velsignelser. *Noveller*

Dovne Kenneth – eller Troen på utroskab. *Roman*

Dalredage. *Diesel-haiku*

Da slangen spiste af den forbudne frugt. *Noveller*

Natvilje. *Roman*

En rigtig stor pils

Det var lidt skiftende vejr. Det måtte man konstatere. Lige nu var det overskyet. Tidligere på dagen havde det været solskin. I hvert fald i perioder. Korte perioder. Gråvejr havde det også været. Også tidligere på dagen. I flere omgange. Ind i mellem solskinsperioderne. Det skiftede hele tiden. Det blæste også en hel del. Temmelig meget, faktisk.

Det var midt i april, men det virkede ikke rigtigt, som om det var forår, selv om årstiden jo ellers var til det. Snarere som efterårsvejr, konstaterede Vera og sukkede. Hun brød sig ikke ret meget om efterårsvejr, men til gengæld var hun ret vild med sol og sommer. Og i det mindste lidt ægte forårsvejr.

"Så på det punkt er du såmænd nok meget normal," konstaterede Bjarne med det der lille grin, der med årene var blevet så karakteristisk for ham. Det var i det hele taget en af hans yndlingsbemærkninger. Han havde flere af den slags, men det her var en af dem, han brugte rigtig tit. "Så på det punkt er du såmænd nok meget normal." Det sagde han tit. Ikke bare til Vera, men også til alle mulige andre.

Men selvfølgelig allermest til Vera, hans hustru gennem snart temmelig mange år. Til hende sagde han det næsten hele tiden. I hvert fald flere gange dagligt, når hun kommenterede det ene og det andet og udbredte sig om, hvad hun syntes om, og hvad hun ikke syntes om. Men han sagde det også glad og gerne til familiens andre medlemmer, og til hvem han ellers mødte på sin vej og faldt i snak med. For det gjorde han nemlig tit. Faldt i snak med folk, han mødte. Også selv om det var nogen, han ikke kendte særlig godt, eller måske slet ikke kendte.

Han kunne godt lide at slå en lille sludder af med folk. En hyggesludder, som han kaldte det. Gerne ledsaget af en lille pils eller to. Det var det udtryk han brugte. En lille pils, det var en almindelig bajer. En høkerbajer. For hans skyld gerne de billige fra Netto. De smagte såmænd næsten lige så godt, sagde han. Det var ikke noget, han gik særlig meget op i. Ikke så længe, det kun var en lille pils, der var tale om.

En lidt større pils var en guldøl.

"Skal vi have en pils?" spurgte en af hans bekendte tit.

"Ja, lad os tage en af de lidt større i dag," kunne han så sige. Især hvis det var den andens tur til at give.

Men det var naturligvis ikke hele det register, han havde at spille på. En rigtig stor pils var en elefantbajer eller noget dertil svarende. Noget i samme vægtklasse, som han kaldte det. Men elefantbajere havde han en særlig svaghed for. Det var hans yndlings. Så kunne han blive helt salig.

"Det der fortjener sgu en rigtig stor pils!" kunne han sige, hvis han var blevet begejstret for et eller andet. Det kunne for eksempel være et særlig godt eller særlig vigtigt mål i en fodboldkamp. Men naturligvis kun, hvis det var det rigtige hold, der havde scoret. Det siger jo sig selv. Hvis det for eksempel var Danmark, der havde scoret i en landskamp. Og selvfølgelig mest, hvis det ikke bare var en venskabskamp, men en kamp, der betød noget. Så sad De Rigtig Store Pilsnere løst hos ham. Så blev han pludselig gavmild og delte ud til højre og venstre til alle, der var i nærheden, uanset om han kendte dem eller ej.

Det var Vera, hans kone, ikke særlig begejstret for. For de måtte jo også tænke på husholdnings- budgettet, som hun sagde. Sådan et EM eller VM i fodbold, hvor Danmark var med, og måske endda nåede helt frem til kvartfinalerne, det kunne altså godt dræne deres husholdningsbudget så meget, at de nærmest måtte leve af vandgrød hele den efterfølgende måned. I hvert fald, hvis man skulle tro på hendes udlægning af det. Det var det jo ikke alle, der uden videre gjorde. Og mindst af alle naturligvis Bjarne. Men på den anden side var det heller ikke noget, der anfægtede ham særligt. Han gad ikke bruge energi på den slags, sagde han. Og dermed kom der aldrig rigtig det skænderi eller den diskussion i gang om det, som Vera nok havde gået og håbet på.

For det handlede nok i virkeligheden om, at hun var jaloux på hans store fodboldinteresse i sådan en periode, hvor han ikke interesserede sig for ret meget andet end kampene i TV. Og dermed heller ikke for hende. Hun beklagede sig tit over, at han forsømte hende til fordel for fodbolden. Det var næsten lige så slemt, som hvis han havde haft en rigtig elskerinde af kød og blod, sagde hun. Men det tror jeg nu alligevel ikke rigtig, hun mente. Det var bare noget, hun sagde. Jeg er ret sikker på, at hun ville have taget endnu mere på vej, hvis han havde haft en rigtig elskerinde. Og det er jo også forståeligt nok. Så det er nok meget godt, at hun ikke vidste noget om de små affærer, han havde haft rundt omkring i krogene.

Men hans fodboldinteresse, den var hun jaloux på. I mangel af bedre, som Jeanette plejede at sige. Men på en måde, så var det jo egentlig ret praktisk, og ret smart, for alt det med fodbolden fangede al hendes opmærksomhed, hvad sådan noget angik. Det dækkede åbenbart hendes behov for at være jaloux. Sådan virkede det faktisk. Man kunne næsten have kaldt det for en afledningsmanøvre, altså fra hans side, for at fjerne hendes interesse for alt det andet, han foretog sig, som hun med mindst lige så stor grund kunne være jaloux på. Eller med endnu bedre grund, jo faktisk. Hvis det altså havde været en bevidst teknik, han brugte for at aflede hendes opmærksomhed fra alt det andet, han foretog sig. Men det er jeg nu ret sikker på, at det ikke var. Altså en bevidst afledningsmanøvre. Det var simpelthen bare, fordi han var så vild med fodbold.

Men ikke desto mindre, så følte Vera sig forbigået i de der situationer. Og det var jo ikke kun, når der var VM eller EM. Det var hans fodboldinteresse som sådan, hun var sur på. Men det var selvfølgelig værst, hvis det var en af de store turneringer, og især hvis Danmark var med. Så derfor prøvede hun efterfølgende at straffe ham ved kun at servere vandgrød i hele den næste måned. Hvad enten det nu var berettiget eller ej. For så mange penge kunne han vel trods alt heller ikke dræne husholdningsbudgettet for, selv om det skal indrømmes, at han godt nok var gavmild med elefantbajerne i sådan en periode, hvad vi jo var mange, der uden forbehold nød godt af.

Og det er også rigtig nok, at han i starten lod som om, det der med vandgrød dag efter dag slet ikke anfægtede ham, men det holdt jo bare ikke i længden. En uge måske, eller knap 14 dage, hvor han lod som om, at det var han da fuldstændig ligeglad med. Men så heller ikke længere. Så begyndte han gradvis at brokke sig over det, og mere og mere, for hver dag, der gik. Og den sidste uge af sådan en vandgrødsmåned var han eddikesur hver dag til middagsmadstid, og forresten også resten af dagen. Det var en plage at være i nærheden af ham, når han var sådan. Der var ikke det, han ikke kunne finde på at brokke sig over.

Men når så denne prøvelsernes tid var overstået, plejede Vera at fejre fastemånedens ophør med en ordentlig omgang flæskesteg med brunede kartofler og hvide kartofler og rødkål og surt og ribsgelé og oceaner af fed brun flæskestegssovs, som hun for øvrigt var en sand mester i at lave på den helt rigtige måde. Og når dagen for dette festmåltid oprandt – her langt uden for julesæsonen – så var det, som om Bjarne livede op igen og tilgav hende den foregående måneds tunge trængsler. Så nu var alt pludselig igen som før imellem dem. Mere skulle der ikke til. Sådan virkede det i hvert fald.

Så Vera hørte åbenbart til den lidt ældre generation af kvinder, der er overbevist om, at vejen til mandens hjerte går gennem maven. Og noget kunne jo tyde på, at hun havde ret, i hvert fald i dette tilfælde. Så det forstod hun selvfølgelig også at udnytte. Først til at straffe ham for hans fodboldlidenskab og hans begejstring for de letflydende elefanter og alle de mange hel- og halvfulde fodbold- og elefantfans, han slæbte med hjem eller gavmildt inviterede i den anledning. Og så i anden omgang ved at markere, at nu var afstraffelsen overstået for denne gang, ved at servere den overdådige flæskestegsmiddag, hvor hun ofte havde lavet så rigeligt, at det strakte til tre eller fire dage.

Men først så skulle han altså lige straffes med en måned på vandgrød. Og næsten lige så spartansk og skrabet morgenmad og frokost, det hører jo også med til beretningen. For der var nemlig tre ting, hun ikke kunne udstå: fodbold, drukne mandfolk og en ægtefælle, der som følge af sin solidaritet med de to første faktorer var som tabt for omverdenen og især for hende.

Selvudvikling

Det var en aften lidt over midten af april. Foråret havde ind i mellem gjort små forsigtige tilnærmelser til at forskønne optimisternes dagligdag en smule, men det havde endnu ikke etableret sig på en mere seriøs basis.

Det var blevet en smule lunere i vejret, og det var jo godt nok, men til gengæld havde det regnet hele dagen. Og det rigtig tung og massiv dagsregn, hvor man så absolut foretrak at lade være med at vove sig ud, medmindre man simpelthen var nødt til det af en eller anden grund.

Det var desværre bare sådan, det var, konstaterede Vera, for hun hørte til de uheldige stakler, der havde været nødt til at bevæge sig ud i det. Hun havde endda tillige fået en ret så heftig haglbyge med i købet, inden hun havde nået at komme hjem og var kommet indenfor i tørvejr igen.

Men sådan var det jo nu engang.

Alt havde sin pris.

Ligesom dengang, hun arbejdede i den lille kælderbutik sammen med Bettina. De havde haft så mange storslåede planer dengang. Og så var det hele kuldsejlet, selv om de havde knoklet som små heste for at få det til at løbe rundt. Det var meget sværere at drive sådan en butik, end de havde forestillet sig inden de gik i gang. Der var jo heller ikke nogen af dem, der havde nogen erfaring med det på forhånd. Men ideer og visioner havde de haft masser af.

Det havde været et par hårde år. De havde nærmest været forfulgt af uheld, syntes hun. Og måtte stadig kæmpe med en gæld flere år efter. Men det var jo mange år siden nu. Heldigvis. Rigtig mange år siden. Dengang de var unge, Bettina og hende. Inden hun mødte Bjarne, der faktisk var med til at redde hende ud af det, sådan rent økonomisk i hvert fald. Så længe siden var det. Det var fortid nu, det havde det været i årtier. Så det behøvede hun ikke tænke på nu.

Men alting havde sin pris. Sådan mere generelt. Det kom man nok ikke uden om. Det var en af de ting, hun havde lært af det.

There is no free lunch, som amerikanerne siger. Det var Kenneth, hendes ældste, der havde lært hende det. Og nogle andre amerikanske ord og udtryk, som de brugte derovre. Han boede der jo stadig. Og stadig uden at have stiftet familie. Helt optaget af sin karriere. Den gik vist til gengæld okay. Eller væsentlig mere end bare okay, faktisk. Men skulle han ikke også snart se at finde sig en sød pige at gifte sig med og stifte familie sammen med? Men sådan har alle mødre det nok, hvis deres voksne er lidt længe om det, det vidste hun jo godt.

Sådan var det bare.

Det var der meget, der var. Lidt for meget, syntes hun nogle gange.

Der er ikke noget, der hedder en gratis frokost. Eller andre måltider, for den sags skyld. Medmindre man da var en rigtig snedig og dygtig tyv, der kunne stjæle sig til det, uden at blive fanget. Det var der måske nogle, der slap af sted med. Et stykke tid, i hvert fald. Men det måtte være enormt anstrengende, tænkte hun. Så ville hun hellere betale sin frokost selv.

For ellers så var der jo altid en eller anden form for pris, der skulle betales for den der frokost. Eller hvad det nu var. Det gjaldt vist nærmest for alting. Der kom altid en pris, der skulle betales til gengæld. Før eller siden.

Nogle gange kunne man selv vælge, om man ville spare sammen først og betale på forhånd, eller om man ville vente og betale senere.

Og så bildte man sig måske ind, at man havde fået det gratis, men det havde man jo bare ikke alligevel. Det holdt jo ikke i længden. Før eller senere kom der en regning, der skulle betales. Så man slap af med sin gæld, og der kom balance i tingene igen.

Eller som Jørgen sagde. Ham jægeren. Bjarnes halvbror. Jørgen var inkarneret jæger. I modsætning til Bjarne, der ikke interesserede sig for den slags. Den eneste form for friluftsliv, der interesserede ham, var vist at sidde ude i haven og nyde det gode vejr om sommeren.

Men Jørgen derimod. Han gik på jagt sammen med den lokale jagtklub flere gange om ugen i jagtsæsonen.

Og Jørgen havde sin egen måde at sige tingene på. Han brugte meget tit udtryk og metaforer fra sin velkendte jagtverden. Og det kunne da godt have sin egen charme, syntes hun.

Således også her. Hun kunne godt lide hans måde at sige den slags på. Som når han for eksempel tørt konstaterede, at man kan nu engang ikke affyre et gevær, uden at der kommer en rekyl. På den der sædvanlige henkastede måde, som han ofte sagde tingene på.

Det var hans måde at forklare det på, rigtig maskulin og ikke til at misforstå. Grundlæggende var det jo det samme, de mente. Det vidste han selvfølgelig også godt. Det var hun sikker på. Han var jo ikke dum.

Vera havde ofte sådan nogle perioder, hvor hun dyrkede sådan noget med selvudvikling. Sådan i lidt forskellige udgaver. Hun havde været igennem nogle stykker af dem efterhånden. Hun havde både været til nogle kurser af den slags. Og læst en masse bøger og blade. Så hun vidste efterhånden en hel del om det. Om vinteren gik hun tit til foredrag om sådan nogle emner. Det var i det hele taget mest i vinterhalvåret, at hun for alvor dyrkede det. På den mere teoretiske måde, altså.

Om sommeren derimod, plejede hun at sige, der nøjedes hun som regel med at praktisere det.

At leve i nuet, og al den slags. I hvert fald meget mere end om vinteren. Og måske også lidt mere end Bjarne, mente hun i hvert fald selv.

Ham kunne hun ikke lokke med til sådan noget. Han gad hverken foredrag eller kurser. Heller ikke bøger om det. Det var lidt ærgerligt, syntes hun.

Hun mente ellers, at han ville have godt af at sætte sig lidt ind i den slags ting. Han kunne jo bare starte med at læse et par enkelte bøger om det, måske. Det havde hun faktisk foreslået ham flere gange.

Men nej, den slags var ikke noget for ham, sagde han. Nogle gange virkede det næsten som om han ligefrem satte en ære i at være imod alt sådan noget og bare afvise det som vrøvl og pjatværk.

Så måtte hun jo gå alene. Og det gjorde hun så. Hele vinteren igennem. Det havde hun snart gjort i en længere årrække.

Det var ikke for meget sagt, at det tit var det, der gav hende mening og indhold i tilværelsen hele den lange og sure danske vinter igennem.

Der var mange andre søgende mennesker på disse kurser, og jo også til foredragene selvfølgelig, selv om ikke kom så tæt på hinanden der, som man ofte kom på weekendkurserne – og i endnu højere grad, hvis det var et internatkursus, hvor hun var afsted hjemmefra i en hel uge. Nogle af sine bedste veninder havde hun fået på den måde.

Foredragsholderne var som regel meget inspirerende, ikke bare på grund af det, de talte om, men også i kraft af deres personlighed. Nogle af dem var virkelig karismatiske, så det strålede ud af dem, hvor godt man ville få det, hvis bare man fulgte deres anvisninger. Ofte på en måde, så det fremgik helt tydeligt allerede af deres kropssprog og alt det der udefinerbare, der undertiden næsten kunne slå benene væk under hende – på den gode måde altså.

Prydsirede skyer

Vera gik udenfor, ud i haven og hen til skraldebøtten med affaldsposen fra køkkenet. Det var omkring middagstid. Der manglede nu kun cirka 15 minutter, til middagsklokken faldt i slag, og det var begyndt at blæse op.

Solen skinnede stadig, sådan som den havde gjort lige siden i morges, og det var rigtig sommervarmt. Men det blæste allerede betydeligt kraftigere, end det havde gjort tidligere på formiddagen. Måske var det i dag, det blev tordenvejr, tænkte hun.

Der var nu ellers intet spor af grå tordenskyer, eller for den sags skyld nogen skyer overhovedet noget steds på den klare blå himmel, der kun var vansiret af nogle enkelte små og helt hvide smuktvejrsskyer – af den type, der ligner små hvide vattotter. Og desuden var der lige præcis tre lange smalle, hvide striber fra luftvåbnets jetjagere. Disse hvide striber strakte sig tværs over hele himlen, fra horisont til horisont.

Eller det var vel i virkeligheden et lidt forkert udtryk, det hun i sine tanker og sit stille sind havde brugt, tænkte hun. Upræcist, i hvert fald. Eller bare ukorrekt. Altså ikke det med smuktvejrsskyer eller jetflystriber, for det var jo både korrekt og præcist nok. Så ingen fejl på det.

Nej, det hun tænkte på som et udtryk, der var lidt fejlagtigt, eller i hvert fald var malplaceret eller ramte lidt ved siden af det, hun egentlig mente, det var udtrykket 'vansiret'. At himlen var vansiret af de hvide skyformationer. Og det var jo ikke det, hun mente.

At den smukke blå himmel ligefrem skulle være vansiret af de små hvide vattotskyer eller endog af jetflystriberne, det var jo det rene vrøvl. Medmindre man var en fuldstændig fanatisk tilhænger af alt, hvad der var blåt, blot fordi det var blåt, og så indædt, så man ikke tålte, at der var noget, der forstyrrede det blå. Og sådan var hun altså ikke.

Hun syntes tværtimod, at det pyntede. At det bare gjorde det endnu flottere og smukkere. Både med de små hvide vattotlignende skyer på en del af himlen, og såmænd også med de lange hvide striber fra jetjagerne tværs over hele himlen. De var faktisk også rigtig flotte, syntes hun.

Mon de nye kampfly, der havde været så meget debat om, og som snart ville begynde at blive leveret til luftvåbnet, også var bedre end de gamle og udslidte på det her punkt? Mon de lavede lige så flotte hvide striber på himlen som de gamle? Eller

19

måske nogle, der var endnu flottere. Det kunne jo godt tænkes, for de havde sikkert nogle meget kraftigere jetmotorer end de gamle, og derfor sendte de sikkert også større mængder af vanddamp ud, og det var jo netop det, der gav de der flotte hvide striber tværs over himlen. Så også på det punkt ville de sikkert være en stor forbedring i forhold til de gamle, der vist også snart var adskillige årtier gamle og kun med nød og næppe kunne holdes flyvende.

Men på den anden side, så havde hun også læst noget et eller andet sted, at de der nye og meget mere avancerede kampfly, som der var så store forventninger til, de var designet på en eller anden speciel måde, så de undgik at blive afsløret på fjendens radar. Det var vist noget med den specielle form eller facon, de havde. Og det lød jo faktisk som en ret snart ting.

Men de skulle undgå, at fjenden opdagede dem, så nyttede det vel heller ikke noget, at de udsendte lange hvide skystriber tværs over himlen? Så behøvede man jo ikke engang en radar for at opdage dem? Så måske havde de dygtige teknikere, der havde konstrueret dem, også fundet en eller anden måde at undgå, at de lavede de der lange hvide striber af udstødningsgassen fra jetmotorerne. Så de også kunne undgå, at de blev opdaget af den grund. Det var jo fantastisk, hvad man kunne lave af tekniske ting i vore dage, så det kunne da godt være, at de også havde fundet en eller smart teknisk løsning på det. Men det håbede hun nu faktisk ikke.

Hun syntes, det ville være synd, hvis vi skulle undvære de der smukke hvide striber tværs over himlen. Hun ville i hvert fald savne dem. Men måske havde de lavet det på en måde, så de udsendte de hvide striber ligesom de mere gammeldags kampfly – eller jetjagere, som hun foretrak at kalde dem – sådan til daglig, når de fløj rundt på deres øvelsesflyvninger og gerne ville skabe mest mulig goodwill hos befolkningen, og så kunne den funktion slås fra i krigstid for at gøre dem helt usynlige for fjenden, hvis det skulle blive aktuelt.

Det ville være da være den allersmarteste måde at gøre det på. Det håbede hun i hvert fald, de havde tænkt på, da de konstruerede dem. Men de blev jo bygget på en af verdens største og mest avancerede flyfabrikker, så mon dog ikke, de også havde taget højde for det?

Hvorfor blev de i øvrigt altid omtalt som kampfly? I TV, radio, aviserne. I medierne og den politiske debat, der havde været om dem. Der blev de næsten altid omtalt som kampfly. Det lød så negativt, syntes hun. Hvorfor var alting blevet så krigerisk efterhånden? Det var der jo bare for at passe på os.

I gamle dage, da hun var ung, da nøjedes man med at kalde dem for jetjagere. Det var godt nok til folk dengang. Og det lød da trods alt pænere og mere fredeligt. Ikke nær så krigerisk.

Men hun gik hendes tanker vist på afveje. Det måtte hun vist erkendte. Hun måtte tage et tag i sig selv og komme tilbage på sporet igen, inden det begyndte at køre helt ud ad en tangent, som man ikke vidste, hvor førte hen.

Men det var det der ord. Vansire. At de små flotte hvide sommerskyer og de flotte hvide jetjagerstriber ligefrem skulle have vansiret den smukke blå himmel. Det var det rene vrøvl og sludder. Det syntes hun jo slet ikke, at de gjorde. Tværtimod. Det var jo det stik modsatte, hun mente. At de tværtimod pyntede, og bare gjorde det endnu flottere og smukkere. Så det var et helt forkert ord at bruge om det.

Der var jo så mange ting, der vansirede verden i vore dage. På mange forskellige områder. Det måtte hun jo desværre erkende. Men ikke lige det her.

Selv om hun måske ikke var særlig vild med de der militærflyvere, hvad enten man så kaldte dem det ene eller det andet, så måtte hun indrømme, at de hvide striber, de lavede på himlen, var flotte. Dekorative.

De gav en slags kontrast til den blå himmel. Ikke en hård kontrast. Ikke som noget, der var det direkte modsatte. Men en form for mere blid kontrast, der understregede den smukke blå himmel i sig selv. Det satte ligesom lidt eftertryk på, så man rigtig lagde mærke til, hvor smuk den var. Det kunne hun godt lide.

Så både de små hvide skyer, der så ud som vattotter, og de lange hvide striber efter jetflyene gør jo bare den klare blå himmel endnu smukkere.

Så ordet 'vansire' er helt forkert. Totalt malplaceret. Ikke fordi hun var ordkløver. Ikke særlig meget i hvert fald. Hvis hun skulle sige det, hvis man sådan bare lige spurgte hende om det. Men hun hadede, når man brugte ordene på en måde, der var lidt forkert eller ukorrekt. Eller helt forkert. Som det her jo var.

Det var jo snarere en pryd for den blå himmel. Noget der forskønnede den. Noget, der prydsirede den. Hvis der ellers fandtes et ord som 'prydsiret'. Det vidste hun faktisk ikke, om der gjorde. Sådan helt officielt, altså. Sådan at det stod i retskrivningsordbogen og dermed havde fået sprognævnets blå stempel og officielle godkendelse, som man godt måtte bruge. Det var hun til gengæld ikke så sikker på. Faktisk så tvivlede hun direkte på, at det var tilfældet.

Men det var jo desværre ikke noget nyt. Hun havde flere gange før været ude for, at såvel sprognævnet som retskrivningsordbogen ikke rigtig fulgte med i sprogudviklingen, men var grundigt bagefter. Det kunne endda være, hvad det var. Værre var det, at de heller ikke altid fattede alle nuancerne i et ord eller en måde at formulere sig på, som hun med udmærket resultat havde benyttet sig af i årevis.

Der burde da helt afgjort findes et ord, der betød det modsatte af at 'vansire'. Nogle af dem fra sprognævnet ville måske påstå, at man bare kunne bruge ordet 'pryde'. At det prydede den blå himmel. Men det var da et alt for slapt og slattent ord. Ikke nær så skarpt og præcist som 'vansire'. Der var virkelig noget smæk for skillingen i det ord. Og det var altså ikke i et ord som 'pryde'. Det kunne slet ikke måle sig med et ord som 'vansire'. Det var slet ikke på omgangshøjde. Og det burde to ord, der betød det modsatte, da være. Det var ufatteligt, at sprognævnet ikke kunne indse det.

'Prydsire' var måske heller ikke helt perfekt. Ikke helt så stærkt som 'vansire'. Men det var i hvert fald betydelig bedre end, hvis man bare sagde 'pryde'. Det var sådan et ord, man næsten kun kunne bruge om små, nydelige sommerblomster. Sådan et ord, som Herr Grünlich i "Huset Broddenbrooks" kunne have brugt, hvis han havde talt dansk. Alt for slapt og slattent.

Det var den sidste del af ordet, der gjorde forskellen. Også sådan rent lydligt. Det der 'sire' i 'vansire' – og i 'prydsire'. Det gav nogle mere skarpe lyde, der gjorde hele ordet stærkere. Det var utroligt, at sprognævnet slet ikke var opmærksomt på den slags. Men hun gad ikke sætte sig ned og skrive endnu et læserbrev om hvor fejlagtigt sprognævnet alt for ofte greb sit arbejde an og hvor meget, de havde misforstået deres skatteyderbetalte opgave. Det gad hun altså ikke. Ikke før hun var færdig med at gøre rent i huset, i hvert fald.

I vore dage, med al den moderne udenlandske sprogbrug, der væltede ind over grænserne som en lavine af ukrudtsfrø, kunne man aldrig være helt sikker på, hvad sådan nogle som dem, der sad i sprognævnet, kunne finde på. Al den moderne sprogforurening kom naturligvis først og fremmest fra Hollywood og alt det andet af det der amerikanske, som efterhånden dominerede næsten alting inden for medieverdenen, lige fra TV-serier, popmusik, management, økonomi og alt det med internettet, som også var meget amerikansk, så det snart prægede alting i et stadigt stigende og mere og mere omfattende omfang.

Mon sprognævnet overhovedet kendte et ord som sprogforurening? Det var hun faktisk ikke engang sikker på. Mon det stod i retskrivningsordbogen? Det gjorde det sikkert ikke. Det ville overhovedet slet ikke undre hende, hvis det ikke gjorde. Selv om det selvfølgelig var helt oplagt, at det burde det. Men tingene var jo ikke altid som de burde være. Ikke engang på det sproglige område. Måske især der. Det vidste hun kun alt for godt.

Hun ejede faktisk ikke selv en retskrivningsordbog. Det kunne hun ikke se nogen grund til. Hun vidste godt, hvordan ordene skulle staves. Og hvis hun havde sådan et monstrum af en bog i huset, så ville hun bare blive drevet til at slå alle mulige ord op hele tiden, bare for at tjekke om de nu var blevet ændret til et eller andet mærkeligt siden dengang, da hun selv gik i skole og lærte at stave.

Det gjorde man nemlig dengang. Retstavning var der et fag, der hed, og det var et af de vigtigste fag dengang. Siden var det jo gået sørgeligt ned ad bakke med den slags. Mon skolebørnene af i dag overhovedet kendte ordet 'retstavning'? det kunne såmænd godt være, at det slet ikke stod i retskrivningsordbogen længere! Det skulle såmænd ikke engang undre hende. Så i dag måtte man nøjes med at bruge ordet 'stavning', selv om det ikke var nær så præcist.

I dag lærte skolebørnene kun stavning, ikke retstavning. Det var da en ret væsentlig forskel. Hvis de da overhovedet lærte stavning mere, og ikke bare sad i rundkreds og snakkede i munden på hinanden hele tiden. Dengang, da hun gik i skole, da var det anderledes. Da tog man det at gå i skole alvorligt. Man snakkede ikke bare i munden på hinanden. Man snakkede i det hele taget ikke. Man talte. Og ikke i munden på hinanden. Men rakte høfligt fingeren op, når man ville sige noget, og så ventede man pænt på, at læreren gav én lov til at sige noget. Man lærte at være stille i stedet for at larme løs og råbe og skrige hele tiden.

Der fandtes ligefrem noget, der hed stilleleg. Det brugte det for eksempel nogle gange, når der var vikar. Så skulle de lege stilleleg. Som gik ud på at sidde helt stille i så lang tid som muligt. Og så prøve at konkurrere med sig selv om at være helt stille i rigtig lang tid, så man kunne sætte en personlig rekord i det, kunne man næsten sige.

Mon det ord overhovedet fandtes mere? Stilleleg. Mon det stod i retskrivningsordbogen længere? Det gjorde det sikkert heller ikke. Det var hun ret sikker på. Selv om det var mere påkrævet nu, end det nogensinde før havde været, med al den larm og støj, man blev udsat for alle vegne i vore dage. Der var sandelig nok at tage fat på for sprognævnet. Hvis de ellers havde været deres opgave voksen. Retskrivningsordbogen var jo efterhånden ikke det papir værd, som den var trykt på.

Men nu var hun vist ved at ryge lidt ud ad en tangent. Det var ordet 'prydsire', der var det centrale. Det måtte hun holde fast ved. Engang havde der utvivlsomt eksisteret et sådant ord. Det var hun sikker på. Hun havde svært ved at forestille sig andet, både fordi det jo ellers ville mangle som et værdigt relevant modstykke til ordet 'vansire'. Og ikke mindst, fordi det var sådan et smukt og velklingende ord, der betegnede noget godt og positivt, som man kunne blive i godt humør af at tænke på. Og så præcist, som det også var. Så det ville være helt ulogisk, hvis der ikke fandtes sådan et ord.

Men hun kunne alligevel ikke helt bekæmpe sin skepsis over for, om ordet stadig fandtes. Altså i henhold til retskrivningsordbogen. Ikke bare i henhold til almindelig sund fornuft, for de to ting havde vist efterhånden ikke ret meget med hinanden at gøre. Så det var jo i høj grad muligt, at ordet var bukket under for tidens tand lige som så mange andre gode, solide og velbrugte ord, der burde have fortjent en bedre skæbne. Man kunne aldrig helt vide, hvad sprognævnet fandt på.

Det var de mest mærkelige ord, der blev erklæret forældede af det der sprognævn og pludselig blev frataget deres opholdstilladelse i retskrivnings-ordbogen. De blev råt og brutalt udvist fra det danske sprog og sendt i eksil i et sprogligt ingenmandsland. Frataget alle sproglige rettigheder og al støtte fra det offentlige.

Eller nej, det var jo ikke de ord, der var mærkeligt. Det var en dårlig formulering, den kunne let misforstås. For eksempel af sprognævnet, der havde det med at misforstå næsten alt, hvad de kom i nærheden af. Selve de ord, der blev eksileret fra retskrivningsordbogen, var der jo ikke noget galt med. Tværtimod. Men det mærkelige bestod jo i, at de blev taget ud af drift og sendt til ophugning. Der var der jo slet ikke nogen grund til. Det var næsten endnu mere mærkeligt end alle de nye ord, som sprognævnet havde så travlt med at proppe ind i sproget hele tiden. Og det var tit nogle virkelig underlige ord. Der kunne man virkelig tale om, at det var ordene i sig selv, der var mærkelige.

Så hun vidste ikke, om ordet 'prydsire' stod i retskrivningsordbogen. Men sandt at sige, så var hun faktisk også ligeglad. Hun brugte det alligevel, uanset om den der fjollede retskrivningsordbog havde det med eller ej. Det var ikke ligefrem det, hun brugte som kriterium for sin sprogbrug. Det var hendes egen fornemmelse af, hvilke ord, der var gode og velegnede og udtrykte noget på en god måde, og hvilke ord, som hun bare syntes lød totalt fjollede og uanvendelige.

Retskrivningsordbogen kunne man jo ikke regne med længere.

Det var nu engang hendes lille spagfærdige oprør mod det moderne samfunds urimeligheder, sædernes forfald og alle de andre uretfærdigheder i dagens samfund, som så mange mennesker måtte lide under i vore dage. Det var sådan, hun opfattede det, selv om hun ikke ligefrem formulerede det så præcist.

Hvis hun havde magt og indflydelse, så ville hun igangsætte arbejdet med en ordbog over gode, gamle ord fra 1700-tallet og 1800-tallet, og måske endnu længere tilbage. Hun læste faktisk ofte bøger at ældre dato, og hun syntes, at mange af disse gode gamle ord fra dengang – og hele sprogbrugen dengang – ofte var meget mere udtryksfuld og præcis, end den moderne, forfladigede sprogbrug, som moderne forfattere for det meste anvendte i vore dage, og som sprognævnet og andre tilsvarende sprogfordærvede gjorde sit til udbrede yderligere, i stedet for at stå vagt om de gode gamle ord, og den gode, gamle, udtryksfulde sprogbrug.

Det var især de enkelte ord, hun ville fokusere på i denne sammenhæng.

Det hun ville, var simpelthen at lave en ordbog, hvor man kunne gå ind og slå op på et af de moderne, popsmarte eller engelskklingende ord eller udtryk, og så få at vide, hvad det samme ord ville hedde på 1700- eller 1800-tals dansk. Så man simpelthen kunne forbedre sin sprogbrug eller sit ordvalg ved at oversætte de moderne flade, forsimplede pop-ord til gode, gamle, solide danske udtryk af en langt større lødighed og sproglig kvalitet, sådan som de bedste sprogbrugere blandt vore forfædre ville have omtalt de pågældende ting.

Det var først og fremmest vore store danske forfattere fra de forgangne århundreder, hun tænkte på. De havde i langt højere grad mestret et både smukt, nuanceret og udtryksfuldt sprog, syntes hun. Og uden alle de engelske og amerikanske låneord, der hærgede sproget som en beskidt og tilsmudset syndflod af sprogligt kloakslam.

Og det var altså ikke en ordbog, hvor man kunne slå og få de gamle ord oversat til moderne dansk – eller moderne ord, i hvert fald. Den slags fandtes jo i forvejen. Nej, det her var det stik modsatte. Ligesom en ordbog, hvor man kunne slå op, ville man ville oversætte en tekst på dansk til engelsk eller tysk for eksempel. Så man kunne oversætte det moderne kaudervælsk, som blev talt her i landet i vore dage, til fortidens smukke, malmfulde og meget mere udtryksfulde dansk, så man derved kunne forskønne både det talte, og især det skrevne ord, og samtidig bidrage til, at de gode, gamle ord for disse ting ikke gik i glemmebogen og forsvandt, sådan som mange af dem desværre var godt på vej til, ihærdigt hjulpet på vej af sprognævnet og retskrivningsordbogen. Det understregede hun altid kraftigt, når hun skulle forklare det for nogen. Og det skulle hun tit, for det var efterhånden blevet noget af en mærkesag for hende.

Det kunne da godt være, at der ind i mellem også fandtes nogle fagudtryk for moderne tekniske ting og den slags, men så kunne man da bare bruge nogle sammensætninger af de gamle malmfulde ord til at beskrive dem med. Hun var sikker på, at det sagtens kunne lade sig gøre, hvis folk bare gad gøre sig lidt umage med at værne om deres sprog.

En sådan ordbog ville i sig selv give et gevaldigt løft til det sproglige niveau her i landet, mente hun. Det var jo sådan noget, sprognævnet burde beskæftige med, hvis de ellers havde været deres opgave voksen og havde taget de sproglige problemer alvorligt. Men det gjorde de jo tydeligvis ikke, som hun gang på gang tålmodigt forklarede for dem, der gad høre på det. Men det var desværre efterhånden færre og færre, der gad, måtte hun skuffet konstatere.

Men hun var stadig flittig med at skrive læserbreve til aviserne om det, hver gang der var anledning til det i forbindelse med en eller anden diskussion om sproget og den måde, det blev brugt på. Hun havde sit synspunkt og sin faste mening om den sag, og den havde hun tænkt sig at holde fast ved. Og så kunne de der billige og villige tisper i sprognævnet for hendes skyld få et føl på tværs, mens de logrede og leflede af fuld kraft for næsten enhver tænkelig form for forfladiget, popsmart amerikansk ordimport, der stykke for stykke vansirede det danske sprog mere og mere.

Det ragede hende en høstblomst, hvordan de der slangordsliderlige sprogtisper reagerede, og hvad de i det hele taget mente. Simpelthen. Sprognævnets eneste berettigelse var da tværtimod at prydsire det danske sprog mest muligt. Det var hårdt tiltrængt.

En solid høreskade

Sommeren lod stadig vente på sig. Eller faktisk også bare det mere seriøse forår. Men det var da omsider blevet et langsomt og tøvende solskinsvejr. Solen havde været længe om at komme frem og bryde igennem skyerne. Selv nu gik den af og til om bag en af de mange små skyer på den ellers blå himmel. Det var snart ved at blive trivielt.

"Sådan har vejret været hele foråret," sukkede Vera. Men det var nu ikke helt rigtigt. For der var også mange dage, hvor det havde været meget værre end det. Hvor det havde været massivt gråvejr hele dagen. Der havde også været temmelig mange dage, hvor regnen havde strømmet ned. Så vejret lige nu var faktisk et pænt stykke over gennemsnittet, selv om der var mange mennesker, der havde svært ved at erkende det. Deriblandt Vera, der jo i mange år havde været gift med Bjarne. Og stadig var det, trods alle deres genvordigheder gennem årene.

Men hun havde det tit med at beklage sig over vejret. Det var næsten blevet en slags hobby for hende, var der nogle, der sagde. Det var jo sådan lidt negativt formuleret. Og i virkeligheden er der vel ikke ret mange mennesker her i landet, der ikke har en rem af huden, hvad det angår. Det ville da næsten også være mærkeligt andet, med det vejr, der som regel hersker her på vores breddegrader.

Hun havde måske bare sat det lidt mere i system end de fleste af os andre. Hun så alle vejrudsigterne i TV. Og også dem på nettet, naturligvis. Og så diskuterede hun dem vildt og inderligt med Bjarne. Han gik ganske vist ikke så meget op i den slags. Eller lidt gjorde han selvfølgelig, men ikke så meget som hende. Men alligevel var han gentleman nok til at diskutere dette og andre lignende emner med sin kære kone. Han syntes måske nærmest, at det hørte med til hans ægteskabelige pligter.

Det var ellers ikke, fordi han altid opførte sig som den perfekte gentleman, men lige på det her område gjorde han det faktisk. Det var måske også et forholdsvis nemt område at gøre det på. Og så følte han måske ligesom, at han havde opfyldt en del af sin kvote, hvad den slags angik. det kan jo godt være, at det også var derfor, han så beredvilligt gjorde det.

Men i familien var der andre, blandt andet Jeanette, som jeg tidligere har omtalt, men også flere andre, der mente, at det nok snarere var fordi han var noget af en tøffelhelt, der ikke kunne snøvle sig sammen til at sætte foden ned og sige fra overfor hendes evindelige diskussioner om vejret og vejrudsigterne. Som hun jo faktisk også plagede mange andre familiemedlemmer med, så snart der var nogle stykker af dem samlet til en større eller mindre sammenkomst af en eller anden slags. Men mange af os andre var ikke nær så tålmodige over for det, som Bjarne åbenbart for det meste var.

Det blev hun jævnligt temmelig fornærmet over.

Måske fordi hun var bedre vant hjemmefra, og derfor forventede det samme af alle andre. Men sådan var det altså bare ikke. Så blev hun stødt på manchetterne, som man siger, og trak følehornene til sig, i hvert fald for en stund, og sad tit og surmulede. Men det betød så også, at når hun kom hjem, så havde hun endnu mere ophobet vejrsnak, som hun måtte have afløb for over for Bjarne. Men han plejede nu at tage det med ophøjet ro, så vidt jeg har forstået. Han var jo vant til det.

Der var nogle af de andre gifte kvinder i familien, der sukkede længselsfuldt ved tanken om en så tålmodig og forstående ægtemand, der åbenbart vedblivende gad at lægge øre til alle hendes beklagelser og det rene vrøvl, hun undertiden fyrede af. De vidste jo godt, at den type ægtemænd kan være svære at opdrive, og at deres egen mand derhjemme ikke rigtig kunne stå distancen, hvad den slags ting angik. Mændene brummede som regel lidt mere over det.

"Tænk, at han dog finder sig i det," mumlede de, men mest når deres koner eller kærester ikke hørte på det.

Sådan gik det i lang tid. Faktisk lige indtil det, ved et rent tilfælde blev opdaget, at Bjarne led af en ret solid høreskade, som han imidlertid i mange år havde gået og holdt hemmelig. Men dog ikke, fordi han var ligeglad, eller fordi han bare ignorerede det. For samtidig havde han nemlig – også i stor hemmelighed og uden at fortælle nogen om det – fået anskaffet sig et temmelig avanceret og frem for alt meget lille og næsten usynligt høreapparat, der var kamufleret så godt, at det var meget svært at opdage det, hvis man ikke vidste, at det var der. Gennem en længere årrække var det faktisk lykkedes ham at holde det skjult for sin kone, at han havde et fremragende høreapparat – og at han i det hele taget havde problemer med at høre.

Han havde åbenbart opøvet sig i nogle særlige måder at håndtere det på. Han kunne for eksempel tænde for høreapparatet, sådan ganske diskret og uden at hun opdagede det, når der var fodboldkamp i TV, eller en anden udsendelse, som han gerne ville se. Eller når han var sammen med vennerne. Eller til familiefest. Men lige så diskret kunne han slukke for det igen, uden at hun fattede mistanke, når hun begyndte på en af sine langtrukne udgydelser om vejret og ikke mindst de forskellige vejrudsigter.

Så i virkeligheden var det nok bare det, der var forklaringen på hans store tålmodighed med alle hendes beklagelser og brokkerier, såvel på dette område som på en række andre felter. Så det var i virkeligheden slet ikke, fordi han hverken var tålmodigheden selv, eller nogen særlig gentleman. Det var bare fordi han – bogstavelig talt – lod al hendes knævver gå ind ad det ene øre og ud ad det andet.

Der var mange, der syntes, at det var snyd. Rent og skært snyd. De syntes slet ikke, at det var en smart idé, han havde fået. De syntes, at han sprang over, hvor gærdet var lavest og slap alt for let om ved det. Naturligvis ikke mindst Vera selv, da hun endelig opdagede det, efter at han havde kørt det på den måde i flere år. Hun blev rasende.

Hun syntes virkelig, at han havde snydt. Hun følte sig vist nærmest bedraget, ført bag lyset simpelthen. Næsten ligesom hvis han havde været hende utro. Det havde han selvfølgelig også ind i mellem, men nok mest i småtingsafdelingen, som onkel Børge plejede at kalde det, til stor forargelse for de fleste af familiens kvindelige medlemmer.

Men det havde Vera åbenbart ikke opdaget endnu. Det virkede i hvert fald ikke sådan. Så foreløbig var hun bare seriøst vred på ham over det med hans hemmelige høreapparat og hans irriterende vane med bare at tænde og slukke for hendes meninger, hendes formaninger og alle hendes mange andre synspunkter på dette eller hint, som det passede ham.

Følgen blev da også, at hun fremover følte sig nødsaget til nøje at kontrollere, hvornår han tændte og slukkede for det der høreapparat. Så nu var der ikke længere noget med at han bare kunne slukke for det, når hun for eksempel brokkede sig over vejret og de elendige vejrudsigter. For nu bare at nævne det eksempel.

I starten syntes Bjarne åbenbart, at han var nødt til at gøre gode miner til slet spil og fortsætte med at lade som om han med stor tålmodighed hørte på det hele, og dermed opretholde illusionen om at han var en tålmodig og forstående gentleman, sådan en slags super-ægtemand af den slags, der vistnok ikke findes i virkeligheden.

Men det holdt selvfølgelig ikke i længden. Så der gik ikke ret lang tid, før han faldt ud af rollen, nu da han ikke bare kunne slukke for det. Og så skal jeg ellers love for, at han begyndte at modsige hende på det ene punkt efter det andet. Ikke alene omkring det med vejret, men også alle mulige andre ting. I en længere periode førte det til utallige voldsomme skænderier imellem dem. Hun var jo ikke vant til at blive modsagt på sådan nogle banale områder.

Det var frygteligt at høre på, når man besøgte dem i den periode, for de holdt sig jo heller ikke for gode til at skændes, så det raslede, selv om der var andre, der hørte på det. Og tit om de rene bagateller. Det gik vist nærmest så vidt, at deres ægteskab var ved at slå revner. De kunne ellers snart fejre sølvbryllup og havde vist indtil da haft et nogenlunde velfungerende ægteskab, forholdene taget i betragtning.

Men vi var mange, der var bekymrede for, om der overhovedet ville blive noget sølvbryllup, eller om de ville gå fra hinanden allerede inden da. Det er egentlig underligt, men det har der tit været næsten en slags tradition for i vores familie. At et mangeårigt ægteskab revner og falder fra hinanden enten lige før eller lige efter at de to involverede parter ellers i nogenlunde god ro og orden har kæmpet sig frem til sølvbrylluppet.

Den, der forsørger dem begge

Det var stadig gråvejr. Eller, for at sige det helt korrekt, nu var det gråvejr igen. For der havde faktisk været nogle dage med lidt solskin ind i mellem. Men det kom næsten ud på eet. Det var som én lang gråvejrsdag, dette forår, syntes de begge to. Det var de faktisk fuldstændig enige om.

Ja, det var sådan det var, tænkte Bjarne. Det var sådan, det føltes. Næsten som en efterårsdag. Eller måske som en helt overstyret aprildag med vejr, der skiftede mellem gråvejr og regnbyger og lidt solstrejf og overskyet og blæst og regn og forfra igen. Så hvad mindede det mest om? Efterårsvejr? Eller aprilvejr? Han kunne ikke rigtig bestemme sig for, hvad han skulle sammenligne det med. Aprilvejr ville jo sådan passe bedre med den årstid, det faktisk var, men det blev vejret i sig selv jo ikke bedre af. Han var egentlig også ligeglad med, hvad den korrekte betegnelse var. For hans skyld kunne man kalde det, hvad man ville. Han var bare utilfreds med vejret, som det var, det var det hele. Og rigtigt godt gammeldags inspirerende og inciterende forårsvejr var det i hvert fald ikke. Så meget stod i hvert fald klart. Og Vera gav ham fuldstændig ret. Hvad der ikke altid var nogen selvfølge.

Han var ikke til de lange forklaringer eller indviklede spekulationer over det. Den slags var der ikke nogen grund til at spilde sin tid på, mente han. Men så var det jo godt, at han havde sin trofaste kone, Vera. For en gangs skyld var de næsten mere end helt enige. Det må være en variant af det der med, at ydre modgang skaber indre sammenhold. Det her forår var de i hvert fald usædvanligt enige. I hvert fald lige på det punkt. Og gennem længere tid, flere uger, faktisk, nærmest uden afbrydelser.

Det var vi flere, der lagde mærke til. Selv det med høreapparatet syntes at være gledet lidt i baggrunden. Det var jo også allerede et års tid siden. Det var dejligt at se, at de åbenbart var ved at finde lidt mere sammen igen. Så var der måske alligevel håb om, at deres sølvbryllup blev til noget. Det var vi mange, der så frem til. Det var snart flere år siden, der havde været en rigtig stor familiefest af den type.

Vera kom jo oprindelig fra Norge. Men allerede, da hun var midt i tyverne var hun rejst til Danmark. Hvorfor ved jeg egentlig ikke. Det var har nok været noget med at hun ville studere i København, eller sådan. Men det blev vist aldrig rigtig til noget. Jeg ved jo ikke ret meget om hendes ungdom. Kun hvad hun selv har fortalt, og det er ikke særlig meget. Men hun længtes vist ind i mellem stadig efter de glade blomstrende ungdomsdage, hun havde haft i Norge, inden hun rejste herned. Og mødte Bjarne, efter først at have været i lag med et par andre på et lidt mere løst grundlag, og dalret lidt omkring og lavet lidt af hvert. Ikke mindst sammen med hende, der Bettina. Hvad mon der egentlig var blevet af hende? Mon hun stadig så noget til hende ind i mellem? Det gjorde hun vist ikke. Hun talte aldrig om hende i hvert fald. Det var jo så mange år siden. Og det var vist ikke endt særlig godt, det de foretog sig sammen. Men det var vist kun et par år, da hun var helt ung. Inden hun lærte Bjarne at kende og faldt lidt mere til ro.

De var så blevet gift nogle få år efter, men det havde vist aldrig været på tale, at de skulle bosætte sig i Norge. Ikke efter, hvad jeg ved i hvert fald. Jeg ved jo ikke alt, hvad de har diskuteret internt, især ikke, da de var unge og nygifte, for den gang kendte jeg dem jo slet ikke endnu. Men de blev i hvert boende hernede i Danmark.

De havde boet flere forskellige steder. I starten var de vistnok flyttet lidt rundt, men i de seneste mange år havde de boet i det lille parcelhus, der lå lidt afsides på en ret stille villavej i udkanten af København. Der er jo ikke nogen grund til at præcisere det nærmere end det. De skal også have lov til at have lidt privatliv.

På det her tidspunkt havde de faktisk to voksne børn, men de havde begge to valgt at bosætte sig i udlandet og genoptage kontakten med deres norske rødder i bedsteforældregenerationen, og deres norske fætre og kusiner. For dem var der vistnok en hel del af. Så det var jo ikke så meget, Vera og Bjarne så til deres børn og børnebørn. I øvrigt var Bjarne kun far til det ene af deres to voksne børn, nemlig den yngste, der hed Susanne. Den ældste, der hed Morten, var født allerede et par år før, han lærte Vera at kende. Og Susanne kun 4-5 måneder efter deres bryllup. Så det var vist nærmest derfor, de omsider giftede sig, efter at have været kærester i mindst et par år og flere gange have været tæt på at gå fra hinanden. Det gik der i hvert fald en hel del historier om. Og det var vist ikke bare lavtgående løgn og ryggesløse rygter alt sammen.

Eller – det var da vist tre børn, de havde? Alle sammen for længst voksne og flyttet hjemmefra naturligvis. Der var jo også – hvad var det nu, han hed? – jo, Kenneth, hed han. Han boede jo helt ovre i USA, hvor han vistnok var kommet over som udvekslingsstudent oprindelig. Og så var han blevet hængende derovre, selv om det troede jeg egentlig ikke, man kunne bare sådan uden videre. Men det er da vist rigtigt. Ham havde jeg næsten glemt. Jeg har jo aldrig selv mødt ham, selv om jeg ellers er kommet en hel del hos dem. Og han var vist den ældste af de tre børn. Men har det så været Bjarnes, som han har haft med fra et tidligere forhold? Før han mødte Vera? Det ved jeg faktisk ikke. Men det kunne det jo næsten tyde på.

Men uanset hvad, så var de i hvert fald blevet boende her, altså Vera og Bjarne. Måske fordi Bjarne havde sit gode velbetalte job her. Den slags kan jo være ret afgørende. Han var kørselsleder hos et stort vognmandsfirma. Han var nu nået op i en alder, hvor han godt kunne være gået på pension, men han hørte til dem, der foretrak at blive ved med at arbejde. En af sliderne, der får samfundet til at fungere. Men i virkeligheden havde han nok flere forskellige grunde til det. Men det da være lidt underligt for dem, at alle deres tre børn bor i udlandet, så de ikke ser ret meget til dem. Eller til børnebørnene, for dem er da vist også kommet et par stykker af. Det er jeg da ret sikker på.

Men specielt i forhold til det her med vejret, så havde han faktisk et temmelig kontant forhold til det. Det var ikke noget, han gad gå særligt meget op i. Vejret var, som det var, og det var der så ikke noget at gøre ved. Og det var som sagt meget i modstrid med Veras opfattelse af det. Måske fordi vejret hernede var en del anderledes, end der hvor hun var vokset op. Det kan være, at det var det, der var årsagen til det. Hun blev simpelthen ved med at forundres over det mærkelige vejr, vi holder os her i landet, og det kan man jo egentlig godt forstå.

Hun kom fra en lidt mindre by langt oppe i Norge. Måske ikke lige præcis Nordnorge, men i hvert fald heller ikke dernede i det sydlige Norge omkring Oslofjorden. Et godt stykke længere oppe. Det var vist en by, der lå lidt nord for Trondhjem, så vidt jeg husker. Nogenlunde deromkring, i hvert fald. Jeg kan ikke huske, hvad byen hedder, men det er heller ikke så vigtigt.

Men det var i hvert fald et sted, hvor vejret var en hel del anderledes end hernede på Sjælland. Det var nok det, der var det afgørende, og derfor hun var så opmærksom på alt det med vejret. Hvorimod Bjarne, der var opvokset inde på Nørrebro eller Vesterbro eller hvor det nu lige var, i hvert fald et sted inde i København, det man plejer at kalde det rigtige København med stort K, han ikke gik nær så meget op i al den slags. På en anden måde end hende i hvert fald. Og det kan man jo også godt forstå. Nej, jeg tror, det var på Østerbro, han var vokset op. Det var vist der, han boede som barn. Det meste af tiden i hvert fald. På ydre Østerbro. Eller nej, der på grænsen mellem Østerbro og Nørrebro. Det er der, han voksede op, tror jeg. Men det har selvfølgelig ikke så meget med vejret at gøre, hvor i København han lige præcist voksede op. Det var bare fordi, jeg lige kom til at tænke på det.

Men ellers så er det mest nogle andre ting, han går op i. Når blot han havde sit nye fladskærms-TV med 60-tommers skærm, og en god fodboldkamp at kigge på, eller noget andet sport, og en ramme bajere – hvad enten det nu var store eller små pilsnere, som han kaldte det – så var han en glad mand. For det meste i hvert fald. Og sine tipssystemer, og de der andre spil, der havde noget med sport at gøre.

Det skal altså også lige nævnes, for det er noget af det, som han også er ret vild med. Og efter sigende er han ikke helt dårlig til det. Okay, han har måske aldrig haft en af de helt store kæmpegevinster, ikke hvad jeg ved af i hvert fald, men i årenes løb har det da dryppet en hel del med både små og nogle ret mellemstore gevinster. Og det som regel blevet fejret sammen med vennerne, eller nogle af dem i hvert fald. Jeg har da selv været med et par gange. Og så kan han godt være ret gavmild med både det ene og det andet. Nå, nu skal jeg vist passe på, jeg ikke kommer på glatis.

Det var jo det der med konen, jeg kom fra. Hans kone hedder jo Vera, som jeg allerede har nævnt. På en måde var det sikkert meget rart for hende, sådan lidt nemt og bekvemt, at han var så optaget af alt det der fodbold og sport og TV. Selv om hun også godt kunne synes, at det blev lidt for meget nogle gange.

At det nærmest tog overhånd. Og det gjorde det vel faktisk også. Især når der var de der store turneringer, som han gik ekstra meget op i. Men ellers var det jo på sin vis meget rart for hende, at der ikke skulle mere til for at gøre ham glad. Når man nu tænker på, hvor mange sure og utilfredse ægtemænd, der findes i denne verden.

Og så holdt det ham jo også hjemme bag hjemmets fire vægge, som man siger, i stedet for at rende rundt ude i byen og score løse damer, han kunne forlyste sig med. Selv om det gjorde han jo alligevel, men ikke nær så meget, som han kunne have gjort, hvis ikke han havde været så optaget af alt det fodbold og alt det der. Så på en måde har det måske ligefrem været med til at redde deres ægteskab. Det lyder da faktisk ret sandsynligt. Det kender jeg i hvert fald flere, der mener. Men det er vist meget almindeligt, især når de ikke er helt unge længere.

En hund efter bøger

Jeg vil lige fortælle lidt mere om Vera, som han jo stadigvæk er gift med. Problemet er jo, at hun har et lidt tvetydigt forhold til hans interesse for fodbold og alt det der. Det har hun vist altid haft. Men det er nok blevet lidt mere udpræget med årene, i takt med, at han går mere og mere op i alt det der med fodbold og sport. Altså kun med at se det i TV.

Det er jo ikke noget, han dyrker selv, altså sådan aktivt. Det har han slet ikke tid, plejer han at sige, for så kan han ikke nå at se alt det fodbold og andet sport i TV, som han gerne vil følge med i. De sender jo så meget af den slags efterhånden. På de forskellige TV-kanaler, der nu er med det. Han har naturligvis sørget for, at de har den helt store kanalpakke, eller hvad det er, han kalder det. Den med alle sportskanalerne. Det siger jo næsten sig selv, når han nu er så meget til sådan noget.

Men hvad Vera angår. På den ene side, så er det jo meget rart for hende, at han har det at gå op i, så han for det meste er hjemme i sofaen, når han er færdig med dagens arbejde i det der job, han har hos en vognmand. Og at han inviterer vennerne hjem til sig, i stedet for at rende rundt til dem ude i byen. Eller nej, han er da stoppet på jobbet, er han ikke? Jo, det tror jeg da. Det er da allerede et par år siden. Jeg ser jo ikke helt så meget til dem mere.

Det med sport og fodbold i TV, det må da give hende en vis tryghed for, at han i hvert fald ikke laver de helt vilde og voldsomme skærmydsler. Selv om der jo godt undertiden kan være gang i den, når hun ikke er hjemme, fordi hun skal besøge en veninde, eller hvis hun går til noget aftenskole eller sådan noget. Det gør hun jo nogle gange, men det er nu ikke så tit efterhånden. Eller det er vist mest om vinteren i hvert fald.

For det meste er hun hjemme om aftenen og i weekenderne, så hun kan holde lidt snor i, at han ikke skejer for meget ud. Hun tror vist nærmest, at al den slags er fortid for ham. Det med at skeje ud med lidt for mange skamfulde skærmydsler, mener jeg. Så det har jeg ikke tænkt mig at slå skår i ved at være alt for åbenmundet. Der er jo ikke nogen grund til at bringe deres ægteskab i fare her lige inden sølvbrylluppet, så vi også går glip af den fest, ligesom det skete med Birgit og Søren for et par år siden.

De gik fra hinanden med lovformelig skilsmisse og hele pibetøjet, molesjavsen og enhver tænkelig sympati i restordre kun 6 måneder før deres sølvbryllup, fordi der var en eller anden, der havde været alt for åbenmundet omkring noget, en af dem havde haft gang i, eller det var vist faktisk dem begge to. Altså rundt omkring forskellige steder naturligvis.

Men det er der jo ikke nogen grund til. Det er da bare for fjollet. Så gik vi også glip af den fest. Det er kedelig uvane, mange næsten-sølvbryllupspar har fået efterhånden, synes jeg. De kunne da godt lige da sølvbrylluppet med, inden de skrider fra hinanden. Det må da være minimum, når de nu alligevel er så tæt på. Også selv om de efterhånden hader hinanden en hel del, uanset om de nu har grund til det eller ej og i hvert fald ikke har nogen planer om at blive sammen til evig tid.

Men det var egentligt slet ikke det, jeg ville fortælle. Det er jo fordi, hun på mange måder har nogle lidt andre interesser end dem, han går så meget op i. Så hvad det angår er de ret forskellige. Men sådan er det vel tit.

Men for nu at nævne et ret vigtigt eksempel, så har det nemlig vist sig, at hende Vera lider af en ulykkelig kærlighed til bøger og litteratur og sådan noget med filosofi og al den slags med at tænke lidt mere over tilværelsen. Og man ved jo godt, hvad den slags kan føre til. Ovenikøbet har hun også selv en ubændig trang til selv at filosofere over tingene. Det indrømmer hun helt åbent. Men måske er hun også lidt præget af sit erhverv. Eller ret meget faktisk. Det bliver folk jo tit. Det kender jeg mange eksempler på. Faktisk både gode og dårlige, hvis jeg nu skal være lidt objektiv.

Men sagen er altså, at hun i mange år har været ansat som bibliotekar på det lokale kommunebibliotek. Det var jo for så vidt udmærket, især hvis hun var stoppet i tide og var gået på pension, sådan som det var planlagt, i stedet for at fortsætte på halv tid. Det var der, kæden hoppede af. Det var det faktisk.

Hun ville jo så gerne have diskuteret det, hun læste, og også sine egne udflugter ind i tankernes krinkelkroge med sin mand. Men den slags interesserede jo ikke rigtig Bjarne. Det var hendes store sorg, at det ikke lod sig gøre. Det har hun tit sagt. Mange gange. Og netop med det udtryk, at det var hendes store sorg, at hun ikke kunne diskutere den slags med Bjarne. Så jeg er tilbøjelig til at tro, at det er rigtigt nok.

Det var nok derfor, hun absolut ville fortsætte med at arbejde halvtids henne på biblioteket. Det tror jeg. Så kunne hun i det mindste diskutere det med sine kolleger derhenne. For de fleste af dem interesserede sig jo også voldsomt for bøger og alt sådan noget. Selv om det selvfølgelig også havde et arbejde, de skulle passe, så de kunne ikke bare sidde og diskutere litteratur hele dagen. Især ikke efter de seneste nedskæringer. Men lidt kunne der måske godt blive tid til engang imellem.

Men så var det jo, at det skete. For der var netop blevet ansat en yngre mandlig bibliotekar på det lille lokale bibliotek, hvor hun var ansat. Han var omkring de fyrre, tror jeg, i hvert fald en del år yngre end hende. Og han havde stor interesse for de fleste af de samme forfattere og de samme filosoffer, som hun var så optaget af. Det kunne jo næsten kun gå galt. Han var endda fraskilt. Nyfraskilt. For mindre end et halvt år siden.

Så det gik jo, som det måtte gå. Inden længe var de indviklet i lange filosofiske og litterære diskussioner hver dag i frokostpausen. Og ikke nok med det. Snart begyndte de også at slå et smut inden for på den lokale café hver eftermiddag efter arbejdets afslutning. Ikke for at flirte eller for at være nogen utro. Men udelukkende for at fortsætte deres dybe og åbenbart meget intense diskussioner om bøger og litteratur og forfattere og filosofi.

Det gik faktisk også godt et langt stykke tid. Men så var det, at hun fik den ulyksalige idé, at hun ville begynde at arbejde fuldtids igen. Uden tvivl med den skjulte dagsorden og det hemmelige formål, at der så blev mulighed for at tilbringe endnu flere inspirerende og intellektuelt stimulerende timer sammen med sin bibliotekarven. Og så begyndte Bjarne der hjemme naturligvis at undre sig.

For han havde jo en god løn, der hvor han arbejdede, så der var rigeligt til dem begge to, med det han tjente. Han havde allerede mere end én gang sagt til hende, at hun ikke behøvede at gå på arbejde, fordi han tjente alt, hvad de skulle bruge. Så hun kunne godt gå på pension. De kunne godt klare sig uden hendes løn, sagde han.

Jeg ved ikke, om hun direkte argumenterede med sådan noget med kvinders rettigheder til at tjene deres egne penge og ikke være afhængig af en mand, der kunne forsørge dem. Det ved jeg faktisk ikke. Men hun bøjede sig i hvert fald ikke for hans forsøg på at holde hende hjemme hos sine kødgryder, sine stegepander og sin nye opvaskemaskine.

For det var jo naturligvis Bjarnes egentlige hensigt med det. At holde hende hjemme hele tiden, så hun fik meget mere tid til at gå og hygge om ham og gøre mere ud af husholdningen og madlavningen, og alt det der hjemlige, som han syntes at hun var begyndt at sjuske lidt med her på det seneste. Hvad enten det nu var rigtigt eller ej. Men der sagde hun i hvert fald stop.

Jeg tror nærmest, det gjorde hende mere stædig og mere opsat på at beholde sit job på biblioteket for næsten enhver pris. Sådan kunne hun godt være nogle gange. Så det insisterede hun på. Og endda at tage nogle ekstra timer, så hun faktisk kom op på fuld tid igen. Når hun først havde sat sig sådan noget i hovedet, så opgav hun det ikke så let igen.

Hun var jo ikke helt tabt bag af en vogn, så hun fik hurtigt fokus drejet over på, at det var et spørgsmål om ligeberettigelse og kvindepolitik og al den slags, der plejede at sætte ham lidt til vægs. For alle hans andre laster til trods, så var han dog omsider fulgt så meget med tiden, at han ikke brød sig om at blive opfattet som en gammeldags hustyran og mandschauvinist, der undertrykte kvinderne.

Så Vera gav igen med nogenlunde samme mønt en dag, da de sad ved aftensmaden. Hun foreslog, at så kunne det jo lige så godt være ham, der holdt op med at arbejde, når hun nu gik op på fuld tid. Bjarne var jo ved at tabe både kniv og gaffel, da hun sagde det. Men hun havde jo siddet og regnet på det, og var kommet frem til, at selv om hendes løn på fuld tid ikke var så høj som hans, så kunne de alligevel godt få deres økonomi til at fungere, når de tog hensyn til hans pensionsopsparing og hvis han så også fik efterløn, hvad han stadig var berettiget til. Og hvorfor skulle kvinden ikke lige så vel være den, der forsørgede dem begge, som manden, spurgte hun.

Det kunne han jo ikke rigtig give igen på, uden at afsløre sig som den kvindeundertrykker, han nok stadig var lidt af inderst inde, trods alle hans forsøg på at følge med tiden og prøve at forstå de tendenser, der rørte sig i den. Så da blev han nærmest mundlam.

Så nu vidste hun jo, hvordan hun skulle argumentere for sin sag. Så hun fortsatte med at sige, at hvis det nu var ham, der holdt op med at arbejde og lod hende om at tjene pengene, så kunne han jo også overtage alt husholdningsarbejdet og rengøring og madlavning og tøjvask og alt det andet af den slags, når han alligevel skulle gå hjemme hele dagen, mens hun var på arbejde. Da blev han om muligt endnu mere mundlam. Det havde han nu alligevel aldrig forestillet sig.

Tanken om, at de godt kunne undvære hans maskuline indtægt var slem nok i sig selv. Men at han så også skulle rende rundt derhjemme med forklæde på og lave mad og gøre rent og vaske tøj, mens hun var på arbejde, var lige ved at rive tæppet væk under ham. Men som Vera så snildt formulerede det: nu havde hun i årtier stået for alle de ting, samtidig med at hun passede sit job som bibliotekar, de fleste af årene indtil for nylig endda på fuld tid.

Så hvorfor skulle han ikke kunne klare det, når han alligevel bare gik derhjemme hele dagen, spurgte hun. Så ville det egentlig ikke være rimeligt at bytte lidt om rollerne nu. Syntes han måske ikke, at det lød ret rimeligt? Og havde han måske nogen sinde haft noget at klage over i forbindelse med hendes husførelse?

Her skyndte Bjarne sig at hugge til, men det skulle han nok have ladet være med. Det, han kom med, var nemlig et ualmindeligt dårligt argument. Han var dum nok til at nævne det med hendes madlavning i det første år af deres ægteskab. Dengang havde hun ikke været ret god til at lave mad. Ret elendig, faktisk.

Hvad han dengang havde brokket sig så meget over, at hans mor til sidst havde taget affære og taget sin nygifte svigerdatter i skole. Dengang havde Vera været meget mere stille og tilbageholdende end nu. Og måske var det lykkedes at bilde hende ind, at det var en speciel dansk tradition. Noget, som var helt almindeligt her i landet.

I hvert fald var det blevet til, at et unge nygifte par på alle hverdage skulle møde op hjemme hos svigermor, når de kom fra arbejde, og så gik svigermor ellers i gang med et ganske skrapt madlavningskursus for sønnens nygifte hustru, med særlig vægt på sønnens livretter og hans forkærlighed for tyk brun sovs. I løbet en af vinter var Vera blevet en næsten perfekt kok, i hvert fald på Bjarnes foretrukne retter, men den ydmygelse, der lå i at blive taget i skole af den skrappe svigermor, der ikke syntes, hun gjorde det godt nok for hendes søn, den glemte hun aldrig.

Derfor var det naturligvis også et voldsomt fejltrin fra hans side at hive netop den sag frem. Det fik ham virkelig til at lyde som en vaskeægte gammeldags mandschauvinist og en utaknemmelig og krævende gammeldags ægtemand, der nærmest betragter sin hustru som en slags lidt mere opgraderet tjenestepige eller husholderske.

Det gik da også hurtigt op for ham, næsten straks efter, at ordene var røget ud af munden på ham. Det var så underlødigt et argument, at han alene derved havde tabt diskussionen, og derefter klappede han i som en østers og lod sin kone arbejde så meget, hun lystede, uden yderligere spørgsmål eller kommentarer. Så hun fik mulighed for at hygge sig med de vidunderlige samtaler om dybsindige filosofiske spørgsmål og litterære fortolkninger sammen med sin mere og mere kære bibliotekarven, som Bjarne heldigvis ikke vidste noget om

Den nye tradition

Vera så ud ad vinduet. Hun skulle jo lige tjekke, om vejret var blevet bedre. Det var det ikke. Det så grumset ud. Skyerne og sådan. Mørkt i vejret var det også. Det er det jo tit, når det er rigtigt massivt overskyet. Det så temmelig trist ud. Ikke ligefrem opmuntrende i hvert fald.

Vejret kunne vist ikke rigtig bestemme sig til, hvad det ville. I morges, da hun stod op, da havde det vejret solskinsvejr. Joh, det havde det faktisk. Det holdt bare ikke ret længe. Allerede tidligt på formiddagen begyndte skyerne at trække sammen. Nu dækkede de næsten hele himlen. En gang imellem kiggede solen frem bag en sky, sådan bare for et syns skyld, virkede det nærmest som om. Kun et øjeblik.

Efter et par minutter, så forsvandt den igen bag skyerne. Det vil sige en anden sky. Ikke bare den samme som før. Sådan var det den dag. Skyerne kunne heller ikke holde sig i ro. Så blev det sådan. Meget skiftende. Lidt det ene og lidt det andet. Som om det ikke kunne bestemme sig til, om det ville det ene eller det andet. Det kendte hun jo godt fra sig selv. Men alligevel. Derfor behøvede vejret jo heller ikke at overdrive det helt så meget. Det ved vi jo godt fra os selv. Så er det, det bliver rigtig slemt. Når det falder sammen på den måde.

Men hun prøvede faktisk at tage det fra den positive side. Det gjorde hun. For det så da i det mindste ikke ud til at blive regnvejr. Ikke lige foreløbig. Det var ikke den slags skyer. Sådan så de trods alt heller ikke ud. Det var kun nogle pæne, lyse skyer, selv om de dækkede hele himlen. Ikke sådan nogle tunge, grå regnskyer. Ikke ret meget grå. Næsten slet ikke. Så værre var det altså heller ikke. Det kunne hun tydeligt se nu.

Hun gik i gang med at lave eftermiddagskaffe og smøre madder. Spørgsmålet var, hvorhenne de skulle drikke deres eftermiddagskaffe i dag. Det var ved at være lunt nok i vejret, til at de godt kunne sidde ude. Men det skulle nødig begynde at regne, mens de sad ude i haven og nød deres kaffe. Bjarne havde selvfølgelig ikke fået lavet udestuen færdig. Den ville ellers have været praktisk at have i en situation som denne.

Men sådan var det med Bjarne. Alt for tit. Nogle gange kunne han være utrolig længe om tingene. Især hvis det var noget, der ikke rigtig interesserede ham. Og udestuer var altså ikke lige hans stærke side eller det han gik mest op i. Især, når han selv skulle lave dem. Det var det samme med carporten.

Den var ikke engang lavet halvfærdig endnu. Udestuen stod det endnu værre til med.

Så det kunne nytte noget at forlade sig på den. Og nu måtte hun snart træffe en beslutning. Hun tænkte sig om. Det var vigtigt for hende, at de tog kaffen ude i haven. Det var det, hun havde mest lyst til. Det var de faktisk allerede begyndt på i den varme periode for et par uger siden. Men så havde der været en uges tid med køligt og blæsende vejr. Nu måtte tiden være inde til at genoptage den tradition. Den nye tradition, som hun havde skabt, eller genskabt, her i det gryende, men også lidt forsinkede forår.

Det var vigtigt for hende at holde den i hævd. Det skulle blive deres dejlige sommertradition. Det kunne ikke nytte noget, hvis det begyndte at smuldre allerede nu. Det var nu, hun skulle insistere på det og stå fast på, at det var sådan, det skulle være.

Det var vigtigt med traditioner. Det havde hun lært hjemmefra. Det var også vigtigt at skabe sine egne personlige traditioner, til at supplere de nedarvede familietraditioner. Det var sådan noget, der skabte orden og system i tilværelsen.

Ikke kun i det store, men også i det små. Traditioner i dagligdagen. Ikke kun til højtiderne. Giv os i dag vore små, daglige traditioner, ligesom vi også regner med, at andre overholder deres traditioner og de måder, de plejer at gøre tingene på.

Sådan kunne man næsten sige det.

Nogle ville måske hellere nøjes med bare at kalde det vaner. Eller rutiner. Eller måske endda uvaner. Den type kendte hun godt. Det var den slags mennesker, der ikke rigtigt tog tingene alvorligt. Vaner. Rutiner. Hun smagte på ordene. Det lød så kedeligt. Så gråt og trist. Det klang lidt af trædemølle. Det lød så negativt. Det klang faktisk alt for meget af trædemølle, syntes hun.

Så lød det jo nærmest, som om man var groet helt fast i rutiner, som man ikke selv var herre over, eller som man måske ligefrem følte sig som et offer for. Eller som endda VAR offer for. Sådan helt passivt. Det var noget af det værste, hun vidste. Det ville hun for enhver undgå. Det var da absolut ikke noget at stræbe efter.

Eller blev det sådan noget som med hendes søster, der altid talte om "dårlige vaner". Uf nej, det var ikke noget rart ord. Så var der da straks meget mere swung over et ord som traditioner. Og ikke bare over ordet i sig selv. Men også over begrebet. Og over den praksis, der var knyttet til at overholde traditionerne, både i hverdagen og endnu mere højtiderne og andre mere specielle lejligheder.

Så hun vedtog med sig selv, at den her nye tradition, den skulle der holdes fast ved, så den kunne blive en rigtig solid hævdvunden tradition. For på nuværende tidspunkt var det jo faktisk kun en tradition i svøb, kunne man sige. En tradition under skabelse. En ny tradition, der skulle passes og plejes og nurses, så den kunne træde i karakter for alvor. Så den kunne få tid og styrke til at etablere sig som en af de traditioner, der var så solide og fasttømrede og som blev betragtet som så selvfølgelige, så de helt automatisk blev overholdt, næsten som af sig selv. Det havde hun besluttet.

Det her skulle være en af de rigtige gode, nye traditioner, der fortsatte nærmest af sig selv, når den først var etableret. Samtidig var det også et lidt spændende eksperiment at øve sig på, inden man skulle i gang med at skabe og etablere de rigtig seriøse traditioner i den fremtidige del af deres ægteskab, der på en del punkter trængte til et eftersyn, hvis det skulle kunne fortsætte på en lidt bedre og mere tilfredsstillende måde end de lidt knirkende vaklen frem og tilbage og fra side til side, der sandt sige havde præget det lidt rigeligt i de senere år.

Nu skulle der strammes op og sættes nogle nye og bedre boller på suppen. Det måtte selv Bjarne da kunne forstå. Og denne her første af de nye traditioner var da i hvert fald så harmløs, at han dårligt kunne være bekendt at have nogen modvilje mod den. Og samtidig kunne den alligevel være med til at knæsatte princippet om at der var brug for nogle nye og måske lidt anderledes traditioner i deres fortsatte samliv. For det skulle han sikkert lige vænne sig til, så fastgroet som han efterhånden var blevet ved de gamle og lidt fortærskede måder at gøre tingene på. Nu var der altså brug for noget fornyelse, tænkte hun.

Forårsmiddag med kartofler

Vera rejste sig og gik ud i køkkenet for at sætte kartofler over. Det var de dyre økologiske. Det skulle være en ordentlig kvalitet. Hun kogte næsten altid kartofler til aftensmaden. Næsten uanset, hvad det var, de ellers skulle have til middag den dag. Det var nærmest blevet en fast rutine hos hende.

Det hang naturligvis sammen med, at hun for det meste lavede middagsretter, der passede til at blive serveret med kartofler som tilbehør. Sådan lidt mere gammeldags middagsretter, ville mange sikkert kalde det. Altid – eller næsten altid – serveret med kartofler som tilbehør.

For det var sådan, hun omtalte det. Men selv om hun omtalte kartoflerne som tilbehør til kødretten og de eventuelle grønsager, der også ofte hørte til, så var det i virkeligheden kartoflerne, der udgjorde hovedparten af det, der var på fadene og tallerknerne. På det punkt var hun nok også temmelig gammeldags.

En ret middagsmad, der ikke hovedsageligt bestod af kartofler, var for hende ikke nogen rigtig middagsmad. Ikke nogen helt god og fornuftig form for middagsmad i hvert fald.

Det var også grunden til, at hun så at sige aldrig, eller i hvert kun yderst sjældent, serverede tomatsovs. Efter hendes faste og vedholdende mening hørte tomatsovs ikke rigtig med til ordentlige og fornuftige middagsretter. Efter hendes mening var tomater noget, der hørte med til det kolde køkken. Det vil sige, det var frokostmad, ikke aftensmad.

Ikke varm mad. Tomater kunne såmænd være udmærket på en æggemad, eller som pålæg i form af makrel i tomat. Eller som tomatbåde sammen med agurkeskiver i en skål grøn salat. Den slags. Det kunne hun godt acceptere. Måske også lidt tomatskiver på en æggekage. Men det var så også nogenlunde det. Hun foretrak langt rå tomater. Alle de der moderne former for spaghettisovs og pesto og al den slags var hun ikke rigtig nået til endnu.

Tomater havde i det hele taget ikke nogen særlig høj stjerne hos hende. Hun plejede alting at fremhæve som et argument, at tomater ikke kunne dyrkes her i landet på friland. Ikke kommercielt i hvert fald. Her i landet blev de dyrket i store drivhuse, der slugte en masse energi til opvarmning. Eller også skulle de dyrkes under mere sydlige himmelstrøg, hvor det var varmere og mere solbeskinnet, og så blev de til gengæld fløjet hertil med flyfragt, der også krævede en masse energi og dermed var til skade for miljøet.

Derfor burde tomater ikke have nogen fremtrædende rolle i god, dansk madlavning, mente hun. Når de ikke hørte naturligt hjemme i det klima, vi havde på disse breddegrader, så hørte de heller ikke hjemme på de danske middagsborde. Det var nu hendes synspunkt. Sådan noget gik hun op i.

Men hun havde også andre argumenter. For eksempel mente hun, at det blev en slags dobbeltkonfekt, hvis man serverede kartofler og tomater sammen. De var for nært beslægtede, mente hun. Sådan lidt fætter-kusine-agtigt. Selv om de naturligvis smagte helt forskelligt, og det ene var en rodfrugt og det andet var en blomsterfrugt. Og slet ikke nogen grønsag, sådan som de fleste fejlagtigt kaldte dem. Sådan noget kunne hun også godt finde ud af at gå op i. Der skulle være orden i sagerne.

Hun ville helst ikke servere noget, der stred mod kartoflernes overherredømme på middagsbordet. Så bombastisk kunne hun næsten selv have formuleret det, når hun havde drukket mere end de tre sædvanlige glas rødvin til maden – og så måske et glas cognac eller to til kaffen bagefter.

Men til frokosten drak hun ikke vin. Bjarne drak som regel en eller to øl.

På mange måder var hun lidt gammeldags, syntes nogle af de lidt yngre i familien, men det lod hun sig ikke anfægte af. Hun holdt stædigt fast ved det gode gamle princip, som hun havde lært af sin mor og mormor, og som gik ud på, at det var kartoflerne, der skulle være den gode, solide bund og hovedingrediens i enhver fornuftig middagsmad. I hvert fald her i landet. Hvad folk fandt på af madvaner i andre lande, de måtte de selv ligge og rode med.

Efter hendes opfattelse var det i virkeligheden kødet, der var en slags beskedent tilbehør til kartoflerne og ikke omvendt. Selv om de fleste var vant til at fremhæve kødet som det vigtigste.

I dag skal vi have frikadeller, eller medisterpølse, eller koteletter, eller kalvesteg, eller mørbrad – eller hvad det nu kunne være. Det var jo sådan, de fleste omtalte det. Men det var jo slet ikke korrekt, mente hun. I hvert fald ikke, når det gjaldt den mad, der blev serveret der i huset. Det skulle hun nok sørge for. Sådan noget kunne hun godt være temmelig pernittengrynet med.

Det var Bjarne til gengæld ikke. Sådan noget gik han slet ikke op i. Snarere tværtimod. På det punkt var han langt mere moderne indstillet end hende. Han ville absolut have foretrukket, hvis det var kødet, der var mest af til den daglige aftensmad, og kartoflerne så kun var et mere beskedent tilbehør. Han havde heller ikke spor imod tomatsovs eller pizza eller lasagne eller alle den slags nymodens retter, som hun efter hans mening var alt for restriktiv med.

Og det var ikke bare en ligegyldig bagatel for nogen af dem. Det var det, der undertiden gjorde det ret besværligt. De skændtes tit om det. Hans var også langt mere glad for god, gammeldags tyk sovs, end hun var. Så der var nok at være uenige om på det område. Der er slet ikke nogen grund til at nævne dem alle sammen.

Så Vera holdt fast ved sit. Bjarnes stadig hyppigere brokkerier over det gjorde hende blot endnu mere stædig, for hun vidste, at hun stod for det gode, gamle fornuftige og sunde princip, og Bjarne for usunde og useriøse madvaner. Hun praktiserede det stadig på samme måde, som hun havde lært af sin mor og sin mormor allerede som barn. Det vil sige en eller to frikadeller til hver – hvis det nu var det, der stod på menuen – og så måtte man ellers spise kartofler for resten. Det var hendes princip, og det holdt hun fast ved. Til Bjarnes stigende irritation.

Men det opfattede hun blot som en opfordring til at gentage sit lille foredrag om fortidens sundere og mere fornuftige madvaner. For dengang, da alle spiste efter disse gode principper, da var folk heller ikke så fede og så overvægtige som i dag, fremhævede hun. Der var næsten ingen, der var svært overvægtige. Det var kun nogle ganske enkelte af de rige, som regel mænd, dem der undertiden blev kaldt for middagsherrer.

Det var i øvrigt også langt mere ansvarligt over for miljøet og klimaet, hvis man hovedsageligt spiste kartofler og andre planteprodukter, suppleret med en lille smule kød, i stedet for omvendt. Det var efterhånden mest det argument, hun brugte. Mens de fleste af hendes andre argumenter for en mere kartoffelbaseret kost fik lov til at tage sig en velfortjent hvilepause. Uden at hun dog overhovedet havde glemt dem eller havde lagt dem helt på hylden af den grund. Men nu var det næsten altid det med hensynet til klimaet og miljøet, hun kørte frem med.

Det var vi glade for, for alle hendes mange forskellige argumenter hang os efterhånden godt og grundigt langt ud af halsen, for nu at sige det mildt. Vi kunne jo i forvejen de fleste af dem udenad forfra og bagfra og i søvne. Så tit havde hun efterhånden gentaget dem. Især alle dem, der handlede om gamle dage og hvor meget og sundere og rigtigere alting var dengang. Hvad i alverden skulle vi dog bruge det til? Forestillede hun sig, at vi bare skulle skrue tiden tilbage til hendes oldemors tid, eller hvad?

På den anden side var der også et minus ved hendes nye og opdaterede argumentation. For det første var hun jo pludselig blevet superhøjmoderne med den argumentation. Og rykket helt frem i forreste række af det, der blev betragtet som godt og rigtigt og progressivt og ansvarligt og al den slags her i vore dage. Det kom jo i sig selv lidt bag på os. Sådan havde vi jo ikke lige været vant til at opfatte hende. Men okay, sådan var det altså blevet, og det var vi jo nødt til at bøje os for.

Men for det andet, så var forskellen jo også den, at det har nye argument med hensynet til miljøet og klimaet, det kunne vi jo ikke bare sådan afvise uden videre. Det var vi nødt til at bøje os for. Det hørte til den slags argumenter, som det er meget svært at argumentere imod uden selv at komme til at fremstå som et rigtigt dumt svin og en kæmpe egoist. Så det måtte vi bare bøje os for, hver gang vi blev inviteret til middag hos hende og Bjarne.

Men det havde vi jo også været tidligere, dengang de var de andre argumenter, hun kørte på. Alle dem der med gamle dage og så videre. De var selvfølgelig nemmere at argumentere imod, men realiteterne var jo, at vi alligevel måtte bøje os for dem i praksis. Altså med hensyn til det, vi fik at spise. For der var jo kun det på fadene, der var. Især fadene med kødet, selvfølgelig. Kartofler var der jo altid mere end rigeligt af, det siger næsten sig selv med den holdning, hun havde til det. Så på det punkt var der alligevel ikke nogen forskel.

Bjarne sad jo altid og surmulede over tingenes tilstand, det er klart. Det skete også tit, at han tog ordet med hævet stemme og finpudsede argumenter. Det troede han i hvert fald selv, det var. Men det viste sig jo hurtigt, at de ikke holdt en halv centimeter, når først han havde fremlagt dem for Vera. Han regnede sikkert med, at det ville hjælpe på sagen, når der nu var tilhørere på, nemlig os, og regnede sikkert med, at vi ville være en slags medløbere på hans argumenter, hvad vi da også flere gange forsøgte på, i hvert nogle af os, men det nyttede bare ikke rigtig noget alligevel.

Alle hans argumenter faldt gumpetungt til jorden som overvægtige kalkuner uden faldskærm, som en af os en gang formulerede det. Først da vi var på vej hjem fra dem, ikke mens vi var der, naturligvis. Så på det punkt var der ikke rigtig noget at stille op. Det var den fødte tabersag, det opdagede vi hurtigt. Eller vi var vel nærmest klar over det i forvejen. Ud fra den almindelige debat om det. I medierne og sådan. Desuden var der flere af os, der faktisk selv var begyndt at abonnere på de samme kødløse synspunkter. Et par stykker var endda begyndt at blive vegetarer og rørte slet ikke noget, der havde med kød eller andre dyriske produkter at gøre. Der var også to, der kaldte sig flexitarer. Det er sådan nogle, der ikke er 100 procent vegetarer hele tiden. Kun hjemme hos sig selv. Men de kan godt spise lidt kød, når de er inviteret til middag hos nogen.

Men noget af det, der sikkert har undret mange andre end os, var hendes forhold til grønsager. Dem skulle man jo tro, at hun så også havde været helt vildt begejstret for. Men det var hun bare ikke. Tværtimod. Og det kan jo godt undre, når hun var med på de allernyeste modestrømninger med hensyn til det der med at spise meget mindre kød. Men sådan var det altså.

På en måde var der faktisk en ret enkel og logisk forklaring på det. Altså set ud fra hendes eget point-of-view. For på en eller anden underlig måde følte hun, at alle de forskellige slags grønsager, der efterhånden var kommet på markedet, konkurrerede lidt for heftigt med de gode gamle kartofler om madspisernes gunst.

Hun lagde ikke skjul på, at hun flere gange havde været udsat for uhøflige og ubehøvlede middagsgæster, der stort set lod kartoflerne ligge urørte tilbage i de bugnende kartoffelskåle, samtidig med, at de ivrigt og energisk tog for sig af fadene med grøntsager, dengang hun stadig serverede dem på en noget mere rundhåndet måde. Det holdt hun så op med. Hun holdt simpelthen rigtig voldsomt igen med grønsagerne, for at tvinge dem til at spise sig mætte i kartofler, hvis de ikke ville gå sultne fra bords.

Der var nogle, der syntes, at hun overdrev det lidt. Eller faktisk snarere enormt meget. Alt for meget. Men fakta er, at fra da af serverede hun kun yderst sjældent grønsager til varm mad. Bortset fra en stor skål med grøn salat med lidt agurkeskiver og tynde tomatskiver drysset oveni. Altid super tyndt skåret, både tomaterne og også agurkerne. Men altså ikke nogen kogte grønsager i hvert fald. Og slet ikke, når der var gæster. Hun havde jo nok noget med, at hun gerne ville opdrage lidt på folk. Helt sikkert.

Bjarne kunne hun lidt bedre styre, i hvert fald hvad det med grønsagerne angik. Hans holdning til grønsager var sådan lidt mere la-la. Han var ikke specielt grønsagslysten. På den anden side havde han heller ikke noget imod dem, sådan som nogle mænd har. Han kunne sagtens spise dem, uden at blive opfordret til det, og endda ofte med noget, der lignede en slags begejstring, så det ud til. Men det var måske mest på grund af det manglende kød. Så der trods alt kom lidt variation i det, og lidt afveksling i forhold til de evindelige kartofler. Det kan godt være. Det var der i hvert fald flere af os, der mente.

Hun havde naturligvis også en temmelig omfattende række af argumenter imod grønsager. Eller mod overdreven spisning af dem, i hvert fald. Det, hun kaldte for overdreven spisning af dem.

Et af hendes hovedargumenter var som regel, at hun simpelthen syntes, at det var drønhamrende uretfærdigt og usolidarisk over for de gode gamle veltjente kartofler, som havde været vores – altså ikke decideret os, men befolkningens – hovedspise og faste madmæssige holdepunkt i århundreder, at vi pludselig svigtede dem og gik over til de meget mere spændende og varierede og eksotiske grønsager af tusind forskellige slags, bare fordi der nu var blevet mulighed for det i butikkerne.

Sådan lidt a la "kartoflerne har gjort deres pligt – ud til højre med dem". Uden at de blev værdsat efter fortjeneste. Det var det hendes kritik gik på. Hvis man skal sammenfatte det lidt. Måske syntes hun ligefrem, at de burde hædres med en medalje for deres indsats for at skaffe mad på bordet til landets befolkning engang for hundrede år siden. Noget i den stil. Eller medaljen skulle sikkert bestå i, at vi blev ved med at spise dem hver dag. Som sådan en slags forskruet hædersbevisning, eller noget i den stil. Men hvad i alverden skulle det dog gøre godt for? Nogle gange er hun altså bare lidt for totalt småskør.

Sådan en rigtig gammeldags kartoffelmor, som en af os kalder det. Sådan en, der også siger "Nu skal du spise op!", "Du kan da i det mindste smage på det" eller "Lad nu være med at tage mere over på tallerkenen, end du er sikker på, du kan spise." Den type. En af den slags, der kan finde på at give børnebørnene en af de helt små sodavand - til deling, i stedet for at give dem en af de store og mere normale hver.

Men her havde hun altså fundet en sag, hvor der også var en række argumenter, som hun også gentog så snart der var den mindste anledning til det. Med de specielle formuleringer, som hun tit brugte om den slags. Hun syntes simpelthen, at det var urimeligt og uretfærdigt over for de stakkels solide, fornuftige og mere jordbundne og gode, gamle osv. Kartofler, at de nu blev udsat for sammenligninger med alle de mere specielle og eksotiske grønsager, der efterhånden blev fløjet ind fra den anden side af jordkloden i tide og utide, og som så mange af hendes bekendte lå på maven for.

Og som belastede miljøet med flybrændstof. Hun ville hellere bruge det brændstof, der nu engang var til rådighed, på transport af mennesker, end på at ligge og flyve frugt og grønt og andre forbrugsvarer halvvejs rundt om jordkloden til de rige landes forkælede luksusmaver. Det var nogenlunde sådan, hun udtrykte det.

Men hun havde også andre argumenter. Alt andet ville jo også have lignet hende dårligt. Hun havde altid eet argument til, når man ellers troede, at nu havde hun været hele rækken igennem. Hun påstod nemlig også, at kartofler er et af de mest komplette næringsmidler, der findes.

Så når man nu havde de gode gamle danske kartofler, der var så fuldendte i sig selv, så var det jo slet ikke nødvendigt – ja, nærmest fuldstændig ulogisk og naturstridigt, samt desuden spild af tid og osv. – at supplere dem med alle mulige andre inderligt overflødige grønsager af langt ringere næringsmæssig værdi blot for underholdningens skyld, som hun kaldte det.

Hun undlod naturligvis heller ikke at fremhæve de særligt grelle eksempler, som for eksempel avocadoer, der krævede enorme mængder vand under dyrkningen og som derfor i mange af de fattige lande, hvor de blev dyrket til eksport, gav store problemer for det mere lokalt orienterede landbrug og den lokale befolkning, især på de ret mange steder, hvor der i forvejen var problemer med at skaffe vand nok. Undertiden kaldte hun ligefrem den slags for en rest af den rige, vestlige verdens imperialisme over for de fattige lande.

Det var bare nogle af hendes argumenter. Men resultatet var altså blevet, at der i hendes – og Bjarnes – hjem næsten uden undtagelse kun blev serveret rigelige mængder af kartofler, en lille smule kød, samt store og stigende mængder sovs for at få de mange kartofler til at glide ned hos os, der kom på besøg, og ikke var vant til at spise os mætte i kartoflerne og derfor havde brug for noget dyppelse (som hun nedsættende kaldte det) for at få et nogenlunde vellykket resultat ud af det, der jo trods alt var meningen med måltidet, nemlig at blive mætte.

Det samme gjaldt jo også for Bjarnes vedkommende, der var i nogenlunde samme situation som os, bare på daglig basis. Selv om han faktisk stort set for det meste bar sin skæbne med tålmodighed og uden at kny ret meget, i hvert fald ikke, når vi var der.

Så vidt vides fik han aldrig selv lov til selv at lave mad. Det var i hvert fald det indtryk, vi fik. Fordi hvis han først begyndte at være aktiv i køkkenet, så resulterede det næsten uvægerligt i, at der kom alt for meget kød på tallerknerne og tilsvarende alt for få kartofler. Altså efter Veras mening. I øvrigt gad han vist heller ikke rigtig den der køkkentjans.

De gange, han havde forsøgt sig i køkkenet med den varme mad, så var der også tit kommet for mange grønsager på bordet. Og endda af de mere eksotiske, importerede slags. Især, da Vera skar ned på de penge, han fik til at købe ind for, så der simpelthen ikke blev råd til at han kunne ret meget kød.

Det var, som om han så i hvert fald ville peppe måltiderne op med nogle eksotiske grønsager. Det huede jo absolut ikke Vera. Hvis det så endda var kødet, han havde skåret ned på til fordel for nogle grønsager, kunne det måske til nød været gået an. Men det var kartoflerne, som han forsøgte at erstatte med grønsager i så stort omfang, som det nu var muligt ud fra de penge, hun havde givet ham med til at købe ind for.

Efter hvad vi har hørt fra flere forskellige sider, som vi nok skal lade være med at røbe, så var det netop dette, der var den konkrete årsag til, at han blev sat fra bestillingen som madsvend efter nogle måneders indledende, men ret mislykkede bestræbelser i den retning.

Det fortælles endda, at han til sidst i sin madlavningsperiode ikke engang fik lov til selv at købe ind til de middagsmåltider, han skulle kokkerere på. Af præcis den årsag.

Vi har endda også hørt rygter om, at når han hver onsdag aften var alene hjemme, fordi Vera gik til noget aftenskolekursus i et eller andet, så så han sit snit til at fråse i kød og grønsager. Råvarerne til dette fik han efter sigende leveret til døren af en næsten-nabo-kvinde, der boede lidt længere nede ad vejen. Først i rå tilstand, som bare blev stillet i en pose ved køkkendøren, når de var sikre på, at Vera var draget afsted til sit aftenkursus.

Det var både kød, men også mange grønsager, som næsten-naboen selv dyrkede mange af i haven. Men der gik dog ikke ret lang tid, før det udviklede sig, så disse madvarer begyndte at blive leveret i tilberedt stand, og endda i en særdeles lækker og veltillavet udgave, hvor Susanne, som hun hed, for en sikkerheds skyld selv deltog i spisningen af dem.

Eftersom dette jo godt kunne indebære en vis risiko for opdagelse og afsløring af de spor, som det fælles måltid nemt risikerede at efterlade, blev disse onsdagsmiddage ret hurtigt flyttet til Susannes hus lidt længere henne ad vejen, hvor hun i øvrigt boede alene efter skilsmissen fra sin mand for et par år siden, og uden nogen hjemmeboende børn, der nu alle tre var voksne og for længst flyttet hjemmefra. Det var simpelthen bare meget mere praktisk.

Ikke mindst fordi vi også har hørt, at udfoldelserne på disse onsdagsaftner langt fra altid kun begrænsede sig til det kulinariske. I hvert fald ikke, hvis dette defineres i alt for snæver forstand.

Det er formentlig også disse hændelser, der danner baggrunden for de ret omfattende beskyldninger, som Vera senere rettede mod Bjarne for systematisk utroskab af særlig grov karakter.

Og som han efter en tids hårdnakket benægtelse alligevel blankt indrømmede, men også tog konsekvensen af. Selv om det vistnok var nogle lidt andre konsekvenser, end dem, man måske normalt ville have regnet med. Det har vi i hvert fald hørt. Men det er jo nogle gange svært at få helt rede på alle detaljer i den slags. Så det må vi nok hellere gemme til en anden gang.

I det hele taget er det endt med at blive lidt noget rod, det er. Det er ikke helt blevet, som vi havde tænkt os. Vi har jo skrevet det her i fællesskab. Vi har været flere om det. Så det er måske nok ikke lykkedes at holde samme tone hele vejen igennem. Selv om vi jo også samtidig har prøvet at skrive det nærmest som en roman, for det syntes vi, ville være det sjoveste. Vi startede jo egentlig på det, fordi det skulle være en slags hyldes til dem, altså til Vera og Bjarne naturligvis, til deres sølvbryllup, som der ikke er så længe til.

Hvis det altså overhovedet bliver holdt. For det er nemlig slet ikke sikkert. Med alle de problemer, der er opstået her på det seneste. Men det var altså derfor, vi begyndte på det. Som en slags udvidet festsang, kan man næsten sige. En meget udvidet festsang i så fald. Det må man jo nok sige. Så vi fik altså den idé, at vi ville skrive det som en hel bog om dem, sådan med lidt forskellige pudsige historier om deres små særheder, som de hver især har.

Ligesom man tit gør i en festsang. Altså af den mere personlige slags. Men det er altså slet ikke så nemt, når det bliver uddybet så meget som her. Noget af det kan måske nemt komme til at lyde lidt for kritisk. Lidt for tæt på måske. At vi kommer til at tvære for meget i det nogle steder måske.

Og det bliver jo heller ikke nemmere, når der pludselig er opstået alle de her problemer med dem, som der trods alt ikke helt har været mellem dem før, i hvert fald ikke i det her omfang. Selv om de selvfølgelig også tidligere har haft deres ture. Så jeg ved ikke rigtig. Jeg håber jo selvfølgelig stadig, at de kan nå at redde deres ægteskab, i hvert fald indtil engang efter festen, så den ikke går i vasken. Det er så synd, når et mangeårigt ægteskab krakelerer lige inden sølvbryllupsfesten.

Og nu er jeg faktisk kommet i tvivl, om noget af det, vi ved fælles hjælp har fået flikket sammen her, måske kan virke stødende på en af dem, eller måske endda dem begge to. Så vi risikerer at være med til at uddybe de problemer og uoverensstemmelser, der har været mellem dem her på det seneste. Så det måske ligefrem er det, der kommer til at spænde ben for sølvbryllupsfesten. For det er selvfølgelig ikke meningen. Så måske skulle vi vente med at lave den færdig til efter de har holdt deres sølvbryllup i god ro og orden? Medmindre, selvfølgelig, det alligevel eskalerer mellem dem. Så det er en lidt svær situation at stå i. Så det bliver ret spændende at se, hvordan det udvikler sig mellem dem her i de kommende måneder.

Det kan du da ikke nægte

Nu var det da i hvert fald blevet forår.

"Det kan du da ikke nægte!" råbte Vera.

Det var åbenbart vigtigt for hende at få ret. Sådan opfattede Bjarne det. Hendes mand. Han prøvede at tage det så flegmatisk som han kunne. Det gjorde han ret tit. Det var faktisk blevet en af hans faste overlevelsesstrategier. Eller så slemt var det naturligvis heller ikke.

Det var jo bare noget, han kaldte det, sådan lidt for sjov. Så slemt var det jo slet ikke i virkeligheden. Hans flegmatiske indstilling fornægtede sig sandelig heller ikke her. Eller hans forsøg på det. For det var jo en helt bevidst og villet ting hos ham. I årenes løb var det vel nærmest blevet en vane for ham.

Der var mange ting ved hende, som han ikke rigtig forstod. Selv om de snart havde været gift i 25 år og efterhånden burde kende hinanden rimelig godt, så syntes han nærmest, at det var blevet mere udpræget med årene. At der var flere og flere ting ved hende, som han ikke rigtig forstod. Det måtte han lidt modstræbende erkende.

Som nu for eksempel det her. Når hun råbte: "Det kan du da ikke nægte!".

Som om han nægtede hende noget som helst.!

Det syntes han i hvert fald ikke selv, at han gjorde. Nå, ja, de var jo ikke altid enige om alting. Især ikke, når det gjaldt nogle af de daglige småting, som han kaldte det meste af den slags.

Men det var åbenbart meget vigtigt for hende at få ret. At få det sidste ord i en diskussion. Han hadede mennesker, der absolut ville have ret for enhver pris. Det ville han nemlig også selv. Men helst uden så meget besvær eller diskussion.

Det gjorde det jo lidt vanskeligt, når hun åbenbart også var sådan indrettet. Men han gik i det mindste lidt mere stille med dørene, syntes han selv. Råbte og skreg ikke i vilden sky, så det rungede gennem hele huset. Han havde da i det mindste lidt manerer og lidt god opdragelse. Og han havde lært at tage det på den flegmatiske måde.

Det var et udtryk, han holdt umådeligt meget af. Han kunne godt finde på at prale med det. Hvor flegmatisk, han var, og hvor flegmatisk han tog alle Veras mange underlige indfald, påfund og dårlige vaner. Som nu den her med at råbe tværs gennem huset, så det gjaldede i væggene og billederne kom til at hænge skævt (næsten), når hun absolut ville hævde, at "Det kan du da ikke nægte!".

Som regel lod han hende få ret uden yderligere diskussion. Det var tit det nemmeste. Når hun nu så gerne ville have det. Så lad hende dog. Han tog det ikke så tungt. Syntes nærmest, det var lidt barnligt at gå så meget op i den slags. Når det kom til stykket, betød det jo ikke så meget.

Han vidste jo, at det var ham, der havde ret. Uden overhovedet at skulle gennem en diskussion eller afprøvning af argumenter. Så lad da bare hende tro, at hun FIK ret. Han vidste bedre. Han vidste, at det var HAM, der havde ret. Uanset, hvordan hun så opfattede det.

Det var egentlig meget rart at have det sådan, tænkte han. At være så flegmatisk. Det var nemlig sådan, han definerede begrebet flegmatisk. Det sparede en for en masse bøvl og besvær. Han var da storsindet nok til at lade hende få ret – eller til at tro det – når hun nu så gerne ville. For naturligvis var det kun på skrømt, at han lod som om, hun havde ret. Med velberåd hu, som han plejede at sige, eller i hvert fald tænke. Det var et andet af de udtryk, han godt kunne lide. Med velberåd hu.

Men indvendig, så vidste han jo godt, at det alligevel var ham, der havde ret, når det kom til stykket. Så derfor lod han tit som om han pludselig lod sig overbevise af hendes udråb: "Det kan du da ikke nægte!", der som regel fulgte efter et eller andet fuldkommen tåbeligt og totalt utroværdigt argument fra hendes side. Eller en hel serie af dem.

Det var den nemmeste måde at gøre det på. Og når han nu vidste med sig selv, at uanset hvad, så var det altså ham, der havde ret, så var der jo slet ikke nogen grund til at gå dybere ind i en diskussion om det. Det ville blot forvirre begreberne.

Men han forstod bare ikke hendes reaktion. For hun blev ved med at råbe sit "Det kan du da ikke nægte!" stadig højere med endnu mere indigneret eller nærmest vred stemme, så det undertiden næsten lød helt desperat. Det kunne han ikke forstå. For han gav hende jo ret, endda uden sværdslag eller diskussion af nogen art, eller lod i hvert fald som om han gjorde det, næsten hver eneste gang, hun bragte et eller andet diskussionsemne eller uenighedspotentiale på banen.

Det forstod han ikke. Hun fik det jo, som hun ville have det. Endda helt uden modsigelse eller diskussion. Bortset fra ganske enkelte tilfælde. Der, hvor der virkelig stod noget på spil. Der gav han sig til gengæld ikke en tomme, uanset hvilke argumenter, hun kørte frem med. Men det var undtagelsen. I alle de små og såmænd også de lidt større daglige spørgsmål, der fik hun ret med det samme, uden overhovedet at behøve at kæmpe for det eller komme med nogle argumenter for at overbevise ham.

Det var jo hende selv, der så gerne ville have ret i alle disse ting. Og det fik hun jo. Hvorfor var hun så alligevel ikke tilfreds? Det forstod han altså ikke rigtigt. Men hende om det. Han gad i hvert fald ikke spilde en masse tvivl på at sætte sig til at gruble over sådan noget. Så kunne han få nok at bestille.

Så det ville han i hvert fald ikke lade forstyrre sin flegmatiske holdning til tilværelsen, forsikrede han sig selv om, mens han endnu engang tjekkede TV-programmet for at være helt sikker på, at han fik lukket op for fodboldkampen i pokalfinalen til tiden.

Han skulle jo også lige have gjort klar med pilsnere og tre forskellige slags chips og noget slik og en kande kaffe, så han ikke løb tør undervejs, så han skulle rende ud og sørge for sådan noget undervejs, så han måske gik glip af et vigtigt mål eller en hård tackling. Det duede simpelthen ikke. Og hende kunne han jo slet ikke regne med til den slags, så han var nødt til selv at have styr på det hele.

ANDRE BØGER AF HENRIK NEERGAARD

PÅ FORLAGET BoD

Den digitale litteraturs velsignelser

En dejlig utraditionel og på mange måder
tankevækkende bog, undertiden krydret med en
befriende humoristisk tankegang. Ikke uden
overraskelser, anderledes vinkler og en lille gætteleg
for læserne. Uventede associationer, indsigter og
synsvinkelskift kan ikke udelukkes. Bør formentlig
læses af alle andre end computerprogrammører og
andre digitale fagnørder, på hvem den sikkert vil virke
ret provokerende.

144 sider, kr. 148,-

ISBN 9788743008798

Dovne Kenneth

eller Troen på Utroskab

Roman

En letlæst og humoristisk skrevet roman om nogle temaer, der vil være kendt af mange, men forhåbentlig i en mere afdæmpet form. Bogens to hovedpersoner er et ægtepar i 60'erne, og man følger en del af deres større og mindre genvordigheder med hinanden og nogle af de almindelige tendenser i tiden. Krydret med en hel del overraskelser og groteske episoder, der nok vil få de fleste til at trække på smilebåndet.

En feel-good bog for læserne, men ikke nødvendigvis for de to hovedpersoner, der dog kommer ud af det med skindet på næsen til sidst.

186 sider, kr. 195,-

ISBN 9788743009283

Dalredage

(Diesel-haiku)

En serie på 209 haiku-digte, der danner et forløb
omkring en kollapset forelskelse og hovedpersonens
forsøg på at komme videre i både hverdag, fantasi og
udskejelser.

88 sider, kr. 159,-

ISBN 9788743001300

Natvilje

Roman

En mand indgår et væddemål ved en fugtig julekomsammen. Han vædder med en kvindelig akademiker om at han da sagtens kan skrive en bog, selv om han ikke er spor intellektuel. Og så er han jo også nødt til at skrive den der bog for ikke at tabe væddemålet. Bogen kommer til at indeholde lidt af hvert om store og små oplevelser fra hans daglige tilværelse. Og minsandten også nogle tanker og lidt filosoferen om ting og fænomener ude i verden og i samfundet. Ikke mindst den tekniske udvikling, hvor han og nogle venner blandt andet er ret skeptiske over for de selvkørende biler, for de kan godt lide selv at sidde bag rattet og styre deres egen bil. Ellers bliver det jo bare en slags offentlig transport. Mon der for eksempel er ret meget ved en selvkørende motorcykel? Han siger selv, at bogen ikke er autofiktion – ikke almindelig autofiktion i hvert fald.

160 sider, 185,- kr. ISBN 9788743014911

BOOKS on DEMAND